おこりんぼう

ひと言申し上げたい

林望

Nozomu Hayashi

春陽堂書店

目次

1　もう我慢ならぬ！

2　なんとかならぬか

3　わが道を行く

4　若者たちよ！

5　リンボウ先生、道を説く

6　ちょっとだけ褒めてみよう

装幀◉吉田浩美・吉田篤弘［クラフト・エヴィング商會］

おこりんぼう

ひと言申し上げたい

1

もう我慢ならぬ！

根も葉もないことに

大いに気に入らぬ。はなはだ不愉快である。

すなわち、私どもは日本人である。この美《うま》し国秋津嶋根《あきつしまね》に、神代《かみよ》の昔から連綿として生き続け、そして『古事記』『万葉集』にはじめて、千年前には『源氏物語』のような、古今独往《どくおう》の大文学を生み出した、めでたい国である。そうして、日本語は、そのめでたい国の民が、親子代々語り継ぎ言い継ぎして、洗練を極めてきた、そういうこれまた天下にめでたい言葉である。この言葉には言霊《ことだま》というものが宿っているのである。

さらには、四季の循環もめでたく、折々にさまざまな行事や神事が豊かに行われてきた、そういう国でもある。

お正月といい、お盆といい、今は現世《うつしよ》にはおわさずとも、呼べば常世《とこよ》の国からご先祖がたが、ちゃーんとお訪ねくださる、そういう親しみ深い文化の幸《さき》わう国でもある。三月三日のお雛さまにも、じつは往古の上巳《じょうし》の祓《はら》えと言うて、身に積もった汚れを紙で作った人形《ひとがた》に移して、これを川に流すという「みそぎ」の意味があったのである。五月五日の男の節句も、ちょうどそれは、田植えの時期に当たっていて、神聖な田の神に仕えるためには、身を清めるために物忌《ものい》みをする、男女が別々の暮らしをする、そういう意味が伏在《ふくざい》していたのである。

七月七日の星祭り、九月九日の重陽《ちょうよう》の節句、いずれも天地が一つになって、この大自然のなかに息をしている自分たちを、それぞれに確認しようという、いかにも好ましい自然観が息づいていた。

ところが、このごろは、たとえばお月見をするというので、ちゃんと米団子《よねだんご》を作り、ススキを供えるというようなゆかしい風習は、もうほとんど息も絶え絶えという感じになっている。私どもが子供の頃には、(私の家はその頃からコンクリート製のアパート住まいであったけれど)それでもちゃんと窓辺の、月の見えるところに、お団子やらススキやらを供えて、昔から伝承されている月見のまねごとをし、月の兎《うさぎ》などをゆかしく眺めたものであった。

考えてみると、春に花見をするのは、秋に月見をするのと一対の行事で、花見は、田の稲に満々と花が咲いて豊かに実るようにという前祝いであり、月見は、その豊かな実りをご先祖とともに天に感謝する宴《うたげ》でもあった。だからこそ、新しく収穫した米の粉で団子を作ったのだし、ススキというものは、稲穂をシンボライズするものであったにほかならぬ。

そうやって、一つ一つの行事には、のっぴきならない意味があり、あたかも飛行機がひとつひとつビーコン(無線標識)をたどって目的地に着くように、春夏から秋冬へ、そして正月へとつぎつぎに行事をたどって、私どもの国はよろずのなりわいを全うしてきたのである。

正月に松を飾るのは、その松を目印にご先祖がたの御霊《みたま》が帰ってこられるようにという「依《よ》りしろ（神霊がよりつくもの）」であったので、それは桜が田の神の「依りしろ」であったことと、これまた一対である。それゆえ、年末近くにクリスマスという西洋の神さまの祭りがあるということになれば、そこにクリスマスツリーという「依りしろ」を立てるという発想は、まさに伝統的な思考から順当に類推されるところであった。だからこそ、クリスマスは異国の神の祭りであるにもかかわらず、比較的容易に定着するところとなったのである。

しかるに、最近は、だんだんとアメリカの猿真似がはびこって来て、なにより嫌なのは、あのハロウィーンなどという、まさに日本の伝統のなかでは根も葉もないことに属するお祭り騒ぎを、テレビやら雑誌やらの通俗マスコミ連が、コマーシャリズムと手を携えて喧伝《けんでん》していることである。そうすると、なんでもテレビの影響を受けやすい若い者たちが、わけも分からず、ハロウィーン・パーティだなんて騒いでいる。しまいには、渋谷あたりを酔っぱらって徘徊し、とんだ乱暴狼藉を働くなどということも出来《しゅったい》する。

そういう軽薄な風潮を私はすこぶる憎むのである。その陰で、日本伝統のそれこそ根も葉も花も実もあるゆかしい行事がないがしろにされてきて、私どもは日本人としての文化的アイデンティティの危機を迎えていると言うも可である。

軽薄といえば、クリスマスが近づくと、やたらと電飾なぞを家中に飾り立てて、これみよがしに明滅させているなどというのも、どうも西欧の猿マネめいて感じられるので、私は気に入らない。そこからまたさらには、そちこちの盛り場に、山てこに電飾を連ねて、それでクリスマス気分を煽《あお》るなどということも、まことに不愉快の極みである。大切な電力の無駄遣いである。そういう陰で、みなが家庭に帰って、家族とともに静かで温かなクリスマスを祝うという本義がすっかり忘れられていくことが情けない。かくて商業主義に踊らされている日本国民の姿を見せられるのは、まことに悲しい。

『徒然草』に、「かくて明けゆく空のけしき、昨日に変りたりとは見えねど、ひきかへめづらしき心地ぞする。大路《おおじ》のさま、松立てわたして、はなやかにうれしげなるこそ、またあはれなれ」とある。

こんな静かな心の正月こそあらまほしいと私は思う。

茫洋《ぼうよう》として凜冽《りんれつ》として初御空《はつみそら》　宇虚人《うきょじん》

鉄道嫌いの弁

世の中に鉄道マニアという種類の人たちがおおぜいいることはむろん承知している。そういう鉄道が好きで好きでしかたがないという人たちからすると、これから私が言おうとしているようなことは、おそらく我慢のならない妄論《もうろん》と感じられるかもしれない。

しかしながら、私は、どうしたって鉄道というものが嫌いなのだからしかたない。

まずなにが困るといって、私は常に一人旅なのだが、にもかかわらず、大荷物持ちなのだ。一泊旅行でも、飛行機には持ち込めないほどの大きさのキャリーバッグが一つ、これが案外と重くて、たいてい八キロ近いものになってしまう。それはなぜかというと、ここにいつも一緒に旅をするコンピュータやら、その付属機器、さらには、旅中の無聊《ぶりょう》を慰めるための本、それにいろいろな場合に備えての常備薬だとか、種々雑多な持ち物をぎっしりと詰めていくからで、心配性《しょう》の私は、たとえば着替えだって、一泊の旅行に三日分くらいの着替えを持たないと不安でいけない。それに、パジャマだって自分のものでないと寝られないのであって、あの旅館の浴衣《ゆかた》で寝るなんてことは、金輪際《こんりんざい》厭《いや》である。

とまあ、かれこれあって、荷物は大きく重い。

しかも遊びに行くのではないから、たとえば講演旅行であれば、その講演に使う資料一式、講演を記録するための録音機、旅の風景を写すカメラや三脚などを入れた別の鞄《かばん》をもう一つ。それだけではない、たとえばちょっと改まった講演やら、声楽のコンサート出演などの場合はスーツやタキシードを着るのだが、私は日頃はスーツやタキシードなんて窮屈なものを着るのはごめんだから、いつも気楽なシャツにジャケットで旅をする。するとスーツやらワイシャツやらの服一式を入れた衣装鞄も別に持たなくてはならないし、結果的に、まったく山のような荷物に上下左右押し拉《ひし》がれながらの難行苦行、それが私の旅のスタイルなのだ。

こういうまるで苦役《くえき》のような姿での旅ともなると、まず鉄道というものは、ホームへ行くのに階段を上り下りする苦行がある。駅によっては上りエスカレーターはあっても、下りはめったとない。こんな大荷物を、両手両肩に持って階段を上り下りするときの辛さといったら、とても旅を楽しむどころではない。

それでも、昔の鉄道には、チッキという制度があった。駅で手荷物を預けると、それを下車駅まで運んでくれる制度で、そのための荷物車というものが、昔の汽車には最後尾に連結されていたものであったし、なお且《か》つ、主要駅には赤帽さんという荷物運びの人がいて、ちょっとしたお金を払えば自分で荷物を持ち運ぶ必要もなかった。

が、今は、万事世知辛《せちがら》く、チッキも赤帽さんも、鉄道の駅から姿を消してしまった。

しかもしかも、やっと目的の列車に乗ったとして、この荷物をどこに置けばいいのであろう。大きく重いキャリーバッグはとてもあの高い網棚に置けるものではない。そこで、車両の出入り口わきのちょっとした空隙《くうげき》に置くのだが、そこはすぐに塞《ふさ》がってしまう。

仮に、首尾よくそこにバッグを置けたとして、しかし、その荷物が盗まれてしまう恐れだってあるから、片時も目を離さず見張っていなくてはなるまい。これでは、おちおちトイレにも行かれぬ。

それでも、昔の新幹線には、一人用、二人用、四人用などの個室がついている車両もあったから、そういうところに乗れば、いくらか安心ではあった。が、それも今はもう姿を消してしまった。じつに遺憾千万《いかんせんばん》である。

概して鉄道は、昔より今のほうが、どうも不便になった。収益性ばかりを追求して、顧客の利便性に真面目に向き合っているとはとうてい思えぬ。

仮に飛行機で旅するならば、手荷物はチェックインカウンターで預けてしまうことができる。まことにらくちんだ。

しかも飛行場には大きな駐車場も整備されているから、飛行場までは車で行って、そこに駐車して旅立って行くこともできる。

しかし、鉄道のターミナル駅には、ろくに駐車場などないから、仮に東京駅から新幹線に乗るためには、そこまでもあの混んだ電車に乗っていかなくてはならぬ。以前は、東京駅の丸の内側には大きな公共駐車場があって、そこにパーク&ライドの制度もあったのだが、今はなくなってしまったので、法外な駐車料金を払って車を止めておくことを余儀なくされる。

じつに不愉快である。

思うに、鉄道会社は、これらの点をおおいに反省して、飛行機のような手荷物預かりのチッキを復活すべきであろうと思うし、すべからく駅という駅には、広々とした駐車場を整備して、パーク&ライドの制度を必須とすべきであろうと考える。

いや、万一そうなったとしても、私はやはり鉄道には乗らぬ。独り気楽に自分の車を運転して行くほうがずっと楽しいから……。

酒の上の不埒《ふらち》

世の中には、許してもいいことと、許してはいけないことがある。むろん、泥棒とか殺人とか、法に反する犯罪はもとより許してはいけないことである。

問題は、では法に触れなければなにをやっても許されるのかどうか、ということである。

先《さい》つころ、タイのリゾート地で、なんとかいう会社の社員旅行一行の男たちが酒に酔って二十人くらいも全裸になり、その夜の海岸で放歌高吟《ほうかこうぎん》し、タイの人たちの眉をひそめさせた結果、その乱酔狼藉《らんすいろうぜき》が写真に撮られ、あまつさえインターネット上で公開されるという事件があった。

この会社はまもなく特定され、糾弾《きゅうだん》を受けるところとなったが、私は、こういう不埒なことは、許すべからざる犯罪の一種だと考える。

酒を飲んでバカ騒ぎをした揚げ句に、ついには全裸になって裸踊りをする、などという野蛮な風習が、まだこの国には残っていたのか、とそのことにまず私は心底あきれ果てた。

そもそものところを申せば、会社が団体で社員旅行などに出かけようという発想そのものが、もうダメである。旧時代の残滓《ざんし》ともいうべきことで、もはやそんな時代ではない。会社の行事としての旅行などは、ぜひやめにしたほうがよろしい。それは、日本の会社が国際化する以前、社員を擬似《ぎじ》家族的に見て、公私混同の風潮のなかで、社員の個人としての尊厳や意思を尊重しないという時代の行き方であった。

今や、会社は家族とは違い、個人と個人がコンプライアンス的な意識の下《もと》に結束して、共同の理想に向かって努力するという姿になってきている。外資系の会社も多く、また日本企業も国際的な舞台で活躍するのでなければ生き残れなくなってきているこの時代に、今なお、社員旅行などということを反省もなく続行しているという、その経営姿勢がまず問われなくてはならぬ。

もうずいぶん以前に、東京のあるデパートが、社員に社員旅行をどう思うかというアンケートをしたところ、圧倒的多数の社員が、「行きたくない」という回答だったというわけで、以後このデパートでは社員旅行というものを一切廃止したということであった。デパートは女子社員が多いから、社員旅行先で宴会などやったりすれば、望まぬ隠し芸などを強要されたり、あるいは乱酔の揚げ句のセクハラ沙汰《ざた》があったりして、皆じつは迷惑していたらしいのである。

さて、このタイで裸踊りをして世界に大恥を曝《さら》した企業であるが、この旅行に女子社員が同行していたかどうかは報道されていない。しかし、まあ常識として男だけの会社などあり得まいし、男だけを社員旅行に連れて行くなどということもますますあり得まい。すると、男どもが、酒に酔ってかかる無礼を働いている間、女子社員たちは、さぞ不愉快な思いで眉をひそめていたことと思われる。それは明らかにセクシャル・ハラスメントというべき行為で、かかる醜行《しゅうこう》が、すなわち許すべからざる女性差別的行為に当たるということでもある。

そういうことを意識することなく、ただもう「酒の上の無礼講」などということを、天下の免罪符《めんざいふ》のように心得て、わいせつなる行いに及ぶのは、これ明らかに国の恥ともなる愚行であって、私はこのニュースを見て、ほんとうに恥ずかしい思いがした。

もしこの事件に対して厳正に対処すべくんば、いやしくもかかる醜行を主導した人間は、会社に信用上の損害を甚大《じんだい》に与えたものと見做《みな》して厳罰にしてしかるべきであるし、それを面白がって黙認していた上司がいたとすれば、それにも責任を取らせなくてはならぬ。また酔余《すいよ》それに参加した全員にも譴責《けんせき》減俸などの厳しい処分が下ってしかるべきではあるまいか。

それが、まあただ「世間をお騒がせして誠に申し訳ございませんでした」という、通り一遍の謝罪文を出す程度でお茶を濁すのであれば、それは何一つ反省も謝罪もしていないことを意味する。世間を騒がせた程度のことでは断じてない。これは日本国と日本人に恥辱を与えたことであって、もとより決して許されることではない。

酒を飲むのは個人の自由だが、ただし、その酒の上で不埒を働くようなことはしない、というのが大前提でなくてはならぬ。それが、ややもすれば、「まあまあ、酒の上のことなので、勘弁してやってくれ」などという考えが、いまだ清算されずに残っているとすれば、ぜひもうきれいさっぱり清算してもらいたい。

私の大学時代の恩師池田弥三郎《やさぶろう》先生は、生来の酒好きで、常に酒をたしなまれたが、「酒に酔って乱行《らんぎょう》に及ぶようでは、酒というものに対して失礼だ。そんな人間は酒を飲む資格がない」

と常々弟子どもに諭されたものであった。かかる見識からすれば、叙上《じょじょう》の乱行《らんぎょう》は、本来酒を飲む資格のない連中が、酒に責任を転嫁しつつ、許されぬ醜行を働いたということになるので、すなわち、「酒の上とあっては、ますます許されない」と言うべきところである。

白玉の歯にしみとほる秋の夜の
酒は静かに飲むべかりけり　牧水《ぼくすい》

思うに、酒はかく飲むべきもの、乱酔醜行の免罪符たらしめてはなるまいと思うのである。

まず現実を見よ

もう五十年ほど昔に亡くなった私の祖父林季樹《すえき》は、ほんとうに真面目な人柄だった。真面目過ぎて朴念仁《ぼくねんじん》だったと言っても良いかもしれない。

海軍の将校であった祖父は、家に伝わる口碑《こうひ》によると、なんでもあの昭和の大軍縮の時に、廃艦にする老朽艦を射撃訓練の標的艦にするということを知って、どういうわけだったのだろうか、俄然そのことを非とする意見書を提出したのだという。それが海軍上層部の不興を買うところとなって、たちまち予備役編入になった、というのだが、まあ、まさかそれだけが予備役になった理由でもあるまい。もともと兵学校の卒業席次が、祖父は可もなし不可もなしというう凡庸な成績だったらしいし、茨城県人で薩長軍閥とも遠いので、そういうさまざまの理由があったのであろう。さるなかにも、祖父があまりに真面目で「話の分からない」ところがあったのも一因であったかもしれぬ。

その祖父の生涯一貫した趣味はなによりも読書で、いわば読書人が、世を忍ぶ仮の姿として軍人をやっているとでもいうように見えた。

そうして、祖父は、飲まず・打たず・買わずの三拍子揃った真の堅物《かたぶつ》であった。私自身、この三拍子に関してはまったく祖父と同じなので、その気持ちはよくよく理解できる（もっとも、私は祖父ほどには堅物ではないが）。

その祖父が、生前私どもに教訓して言ったことがある。

それは、賭事はもちろん、別に賭けなくても、よろず勝負事はするべきでない、ということである。

将棋にしろ、碁にしろ、あるいは麻雀にしろ、祖父は一切やらなかった。船乗りは時に時間を持て余すこともあっただろうから、勝負勘を養うなどと称して、碁将棋などを打つ人は多かったと思う。

しかし、祖父の心の中では、碁や将棋に頭脳を使う暇があるなら、世界をよく見、よく考え、または読書に潜心《せんしん》し、あるいは肉体を鍛練することに力を使うべきだ、と思っていたのであろう。だから、私など孫どもにも、碁将棋など打って時間を無駄にすべきでない、と懇々《こんこん》と教訓したものだった。

私はこの祖父にさまざまなところでよく似ていて、別に祖父に教訓されたからでもなく、最初から碁将棋など嫌いで、なんの興味も覚えなかった。その延長で、長じて後《のち》も、麻雀・競輪・競馬などの賭事一切には嫌悪を感じこそすれ、決して手を染めようとは思わない。

さらに言うと、たとえばクロスワードパズルとか、ルービックキューブのような、ひたすら頭を使ってなにかを完成させるというパズルの類《たぐい》も、やはり時間と労力の無駄としか思えない。ひたすらクロスワードなど試みている暇に、もっと社会のこと、人生のありよう、自然との対話、芸術的創造など、さまざま学び、考えなくてはいけないことが山ほどあると私は思っているのである。

つまりひと言で言えば、「暇つぶし」のようなことは、一切これを不可とするのが、私の信念である。人生はそんなに暇ではないし、暇をつぶすということは、イコール人生を無駄遣いしていることだと信ずるのである。

ましてや、コンピュータを使ったゲームの類《たぐい》となると、これはもう無意味を通り越して有害無益としか思えない。そもそもがあの、インベーダーゲームなんてのが大流行したときも、私は一遍だけやってみて、あまりの下らなさに、二度と手を染めることはなかった。

その後、ファミコンなんてのが一世を風靡《ふうび》した時代にも、かようなものは子供の脳の成長に良い影響があるわけはないと思って、私の家ではこれを一切禁じてしまったほどである。

ところが、世の中には、無意味なばかりでなく、モラルの崩壊をも惹起《じゃっき》しかねない戦争ゲームやら、殺戮《さつりく》ゲームやらが、陸続《りくぞく》として出てきて、いまではヴァーチャル・リアリティ（VR）が、巨大な市場になりつつあるとも報告されている。いやVRだって、医療技術の習得や、パイロットの訓練などに使われるのは、大いに結構である。しかし、ほんとうは現実の人生について、さまざまな経験をし、よくものを考え、苦悩や歓喜をヴァーチャルではなく、まさにリアルに経験しなくてはいけない若い人たちが、そんなことはそっちのけでスマホばかり覗《のぞ》いている、そしてその依存症になり、万事を抛擲《ほうてき》して顧《かえり》みないという、この風潮に警鐘を鳴らしたいのである。

なかでも看過《かんか》できぬものは、あのポケモンGOとやらいうゲームで、それに熱中するあまり、他人の家に侵入するやら、運転しながら玩《もてあそ》んで人をはねてしまうやら、言語道断、ともかくあまりに弊害が大き過ぎる。

もし仮に、ここに自転車を運転しながらポケモンGOをしている者が横丁から不意に飛び出したとして、それを決して停止できないタイミングで通りかかった遵法《じゅんぽう》運転の自動車がはねてしまった、としたらどうか。その自動車運転手を罪に問うのはあまりに過酷ではなかろうか。

日本の行政や警察も、どうかこの問題をもっと深刻に考えて、青少年がVRに依存するのを防止し、まずは目を開いてリアルな社会に対峙《たいじ》するということを促《うなが》すように、よく教育もし、また一方で、法による規制と取り締まりをしっかりとしてもらいたいと思うのである。

インターネットのない世界

世の中には、「うまい話」などというものは無いと決まっているにもかかわらず、どうしても濡れ手で粟《あわ》のような金儲《もう》けがあると思ってしまう人があるのは、返す返すも哀しいことである。

こんなことを聞いた。

なんでも、FX取引とやらで、ネットを使って外国通貨をやりとりすることによって、それこそ藁《わら》しべ長者のような大儲けを博《はく》する方法があるのだと誘惑する集団があるというのである。

もともと、お金というものは、真面目に働いて、営々と稼ぐものだと、私は思っているので、働かずして楽々と大金を稼ぐなどということは考えたこともない。ところが、そういう秘密の妙法があるかのようなことを言い立てて、そのソフトウエアを法外な金額で売りつけるという、まあ一種の押し売り的詐欺があるのだそうである。

なんでもそれは今流行のSNS上に「餌」を撒《ま》いておいて、それにひっかかる「カモ」を待ち受けているのであるらしい。そうして、どこかにその秘法を以《もっ》てどしどしと大儲けをしている「投資家セレブ」がいるように見せかけて、よろしく憧れをかき立て、近寄ってきたカモに、件《くだん》の「金もうけの秘鍵《ひけん》」の収めてあるＵＳＢメモリを、何十万円という法外な金で売りつけるらしい。

ところが、そのなかに入っている秘法など、素人がやったとて一向に儲かる気遣いはないので、結局ただそのガセネタのメモリを押し売りされるだけのことだという。

こういう卑劣な詐欺商法はもとより許し難いが、そんな「あり得ない」ような話にまんまと引っかかってしまうというのは、畢竟《ひっきょう》、被害者のほうにも「スケベ心」があるからにほかならぬ。だから、そんなに簡単に大金を儲ける方法などあるはずがないと、そういう「真実」をば、子どもの頃からよく教育しないといけない。

アメリカでは、お金の使い方に四種類あることを実践的に教訓するという。すなわち、貯める（save）、使う（spend）、譲る（donate）、増やす（invest）と、この四つをバランスよく配分することによって、人は幸福になれる、それが正しい市民倫理だというのである。

「貯める」というのは、元本《がんぽん》保証の金融機関にお金を預けておくことだ。これは安全という面ではもっとも確実である。しかし、インフレなどが起こると、実質的な貨幣価値が減ずることで、資産も目減りしてしまうというリスクは免《まぬか》れない。

つぎに「使う」こと。お金は使うためにある。守銭奴《しゅせんど》のように必要なお金も使わず、食うや食わずの着たきり雀みたいな生活をしているのでは、なんのために生きているのか分からない。といって、無駄な金を浪費的にジャンジャン使ってしまっては、たちどころに貧乏神にとりつかれる。お金の使い方には、自《おの》ずからバランス感覚と倫理観がなくてはならぬ。

「譲る」というのは、お金に利己的な執着を持つことなく、もし多少の余裕ができたなら、それを世のため人のためになることに使おうということである。「情《なさけ》は人のためならず」、それもできれば陰徳《いんとく》を積むということがのぞましく、せっかく良い事に寄付などしたとしても、それを「俺が、俺が」と宣伝したのでは、結局売名行為の偽善となって、幸福はむしろ遠ざかっていくであろう。

最後の「増やす」は、投資のことである。投資には、そこばくのリスクが避けられない。そこを、ハイリスク・ハイリターンで一《いち》か八《ばち》かを狙うのか、それとも、投資先の良し悪《あ》しをよく考え比べて、もっとも世のためになるような事業に投資するのか、そこが分かれ目である。

冒頭に書いたような、なんの努力も研究もせずに濡れ手で粟の大儲けをしようなどというのは、これは投資ではなくて「投機」である。一種のばくちのようなものだから、仮にそれで儲かったとしても、しょせんそのお金は「あぶく銭」たらざるを得ず、いつのまにかまたどこかへ雲散《うんさん》霧消《むしょう》してしまうであろう。かくて、投資は良いが、投機はいけない、そこのところを、子どもの頃からよく教えておかないといけないということである。

日本では、昔から、ひたすら「勤倹貯蓄《きんけんちょちく》」こそが最大の美徳であった。使うべきものも使わずに貯める、そして爪に火を灯《とも》すようにして質素に暮らす。それは一見良いことのようだが、こんな時代には、ジリ貧先細りの貧しい人生へ転落するのを座視するに等《ひと》しかろう。そうではなくて、若い頃から、どうやって資産を着実に増やし、リスクを回避するか、そこを学んでおかなくてはならぬ。

そういう教養が身についていないと、冒頭に書いたような詐欺事件にひっかかってしまうので、しかもそういう怪しげな儲け話が、今ではインターネット上に無秩序にばらまかれているという現実がある。

だいたいがネット上に散乱している情報は、疑って掛かるのがよいが、そこのところ「脇の甘い」人が少なくない。子どもの頃からろくに勉強も努力もせず、スマホやネットばかり覗いて暮らしてきたことの、それは大きな弊害にちがいない。

私はいつも夢想する。いっそインターネットなどは一切無くなってしまったほうが良いのではないか。人を傷つけたり騙《だま》したり、そんな事件ばかりが横行する「嫌な世の中」は、ネットによって増幅されたように思えてならないのである。

見たくもない

鉄道に沿ってずらりとソメイヨシノの花が咲き、線路を隔ててこちら側の畑には、今を盛りと真黄色《まっきいろ》の菜の花が地を染めている。

そういう舞台装置のなかを、また選《よ》りにも選って真っ黒な蒸気機関車が轟音《ごうおん》もたくましく疾《しっ》駆《く》してくる。まことに「お誂《あつら》え」の景色ではある。

以上は、近頃テレビで見たニュースのなかの風景だ。

ところが、そのお誂えの景色を目当てにわんさかと見物の人が押しかけ、またものものしいカメラを三脚に据えた写真道楽や鉄道マニアの人たちが、ずらりと望遠レンズを並べて蒸気機関車の到来を待ちかまえる。

ニュースのテレビカメラは、それらの光景を遠くから引いた画像で撮っているので、見ればほんの少しばかりの菜の花畑のまわりに人々が押すな押すなの騒ぎを繰り広げている実像が映し出される。

すると、せっかく高価な望遠レンズを装着した高級カメラの視野のなかに、殺風景な見物人が入ってしまうので、それは面白くないゆえ、カメラの主が、そのあたりに立っている見物人を手で制して、視野からどかしたりしているのであった。どかされたほうは、さぞ楽しからぬ思いをしたことと思うが、いや、そもそも、そんなふうに喧騒《けんそう》を極めているところへ、型通りの景色を眺めに行こうという神経が私には理解のほかである。

菜の花畑の美しさは、その醇乎《じゅんこ》たる黄色の花が、はるばると広がっているところにこそ求められる。

菜の花や月は東に日は西に　蕪村
菜の花の中の小家や桃一木《ひとき》　漱石

とまあ、こういうふうに朗《ほが》らかに広々とした空間が黄色で埋《う》め尽くされている景色をこそ眺めたいものだ。そうして事実、春の野を旅行《たびゆ》けば、そちこちでこういう心も清々《せいせい》とするような菜畑《なばたけ》の景色に逢着《ほうちゃく》することであろう。

いや、菜の花ばかりでない、紫雲英《げんげ》の咲き敷く春の田面《たのも》の好もしさもまた格別のものである。菜の花のようにその存在を声高《こわだか》に主張するのでないが、紫雲英は、あえかな淡紅色《たんこうしょく》の花を、まるで一面の霞《かすみ》のように咲かせて、周囲の里山に萌《も》えいずる若葉の色と美しくも幻想的な調和を為《な》すのである。

そこには、桜の並木など無くてもいっこうに困らぬし、いや、いっそ桜など無いほうが景色としては潔《いさぎよ》くて、見飽きがしないと、へそ曲がりの私は思うのである。ましてや、向こうに桜並木、こなたにほんの一画だけの菜の花畑、そして煙を吐く蒸気機関車というような御膳立ての作為的風景ともなると、もはや鬱陶《うっとう》しいという感じがする。

私は先ごろ『巴水《はすい》の日本憧憬《しょうけい》』(河出書房新社)という本を出したのだが、これは大正から昭和三十年代にかけて活動した孤高の風景木版画家川瀬《かわせ》巴水の作品に考証的な随筆を書いて番《つが》わせたものである。

巴水の風景は、私の心の琴線《きんせん》に深く触れるものがあるのだが、それはつまり「無名の風景の美しさ」というところに尽きている。いわゆる名所旧跡名勝奇巌《きがん》の類《たぐ》いは、まったく描かなかったわけではないが、それらは多く版元の営業のために描かされたもので、私の見るところ、傑作には乏しく、むしろ凡俗《ぼんぞく》の作が多い。すなわち、巴水の版画には富士山などもかれこれ描かれてはいるものの、大半は面白からぬ作品に留《とど》まる。

しかし、彼が独りこつこつと日本中を旅して歩きながら、まったく無名の田園や山村の景色を写し取った作品には、古今独往《ここんどくおう》の寂然《せきぜん》たる風情《ふぜい》が横溢《おういつ》して、まことに掬《きく》すべき味わいに富む傑作が多い。

つまるところ、風景には「発見」がなくては面白くないと私は思う。巴水もきっとそう思っていたことであろうという確信が私にはある。それゆえ右の拙著《せっちょ》では、富士山の絵などは一枚も取らず、無名の田園や市井《しせい》を描き取った傑作ばかりを選んで画集を編んだ。

そういう意識からすると、くだんの桜並木に菜の花とSLなんてのは、もう使い古された月並みの景色で、なんの発見も感動もそこにはない。

誰かがこういう風景を観光目的で作り出して宣伝した結果、そこにわんさかと観光客が押し寄せている、こんなのはそれをプロデュースした人にしてみれば大成功かもしれないが、しょせん作り物めいて面白からぬ。

しかもその結果として、傍若無人《ぼうじゃくぶじん》に畑の菜の花を踏みつぶしてカメラの三脚を構える人やら、他人を押しのけてレンズの視界を確保する人やら、あまり喜ばしくないことが起こっているということである。

こういういわば「為《ため》にする風景」は、ゲイシャ・フジヤマ式のステレオタイプと同じで、本来そこになんの発見も期待されない以上、誰が撮っても同じような写真が夥《おびただ》しく出来上がったに過ぎぬことであろう。

多くの人の目に曝《さら》されて珍しくもないことになってしまったものを、骨董の世界では「目垢《めあか》が付いた」といって嫌うのであるが、まさに風景も目垢の付いた風景ほどつまらぬものはない。

旅は、未だ見ぬものへの憧憬、新しい美の発見への志向《しこう》なのだと私は考えるので、これらの「為にする風景」など、ついぞ見てみたいとは思わないのである。

茶話会《さわかい》のススメ

「男たるもの酒くらい飲めないようでは半人前」というような時代錯誤《さくご》的謬見《びゅうけん》が、今もいっこうに無くなっていないように思える。

最近、高校の同輩が急逝《きゅうせい》した。そのことは、心から冥福を祈りたいと思うのだが、それについて、同輩たちからのメールがあれこれと到来したのを読んでみると、もうまったく、誰も彼も酒を飲んだ話ばかりで、唖然《あぜん》とせざるを得なかった。そんなに酒を酌《く》み交わしたことが人生の大事であったのだろうか。

もっとこう、ほかの哲学的、文学的、芸術的、形而上的《けいじじょうてき》な交友関係というのはなかったのであろうかと、つくづく考えさせられた。

私は醇乎《じゅんこ》たる下戸《げこ》で、一切《いっさい》酒なども飲まないから、どこそこで酒を飲んだという話などされても、さあいっこうになんの感興《かんきょう》も覚えない。

ケンブリッジ大学で研究をしていた時分、もちろんしばしばコレッジの正餐《ディナー》に出る機会はあって、そういうときには、多くの先生たちはもちろん酒を嗜《たしな》んだ。

しかし、それはいわゆる呑屋《のみや》や居酒屋のようなところに行って、放歌高吟《ほうかこうぎん》、声高《こわだか》に駄弁《だべん》を弄《ろう》して時間をつぶすということではなく、食前にはシェリーなどを軽く嗜みながら、哲学、歴史、文学などの話をし、食中には、ワインなどを飲み、御馳走を食べつつ、食前とは別の人とアカデミックな話をする、食後はまた部屋を改めて、ちょっと砕けたジョークなどを交えて、愉快に過ごすのだが、それも一定の時間が来ると、さっと散会する。二次会のようなことは一切ない。

そういう席で、酔っぱらって管《くだ》を巻くような人は一度も見かけたことがない。

酒といっても、そのような礼節を保った席で、一定の時間に限るのであれば、私も出席しないものでもない。

しかしながら、日本人はたいてい酒に弱いので、ちょっと飲めばすぐ真っ赤になって酔っぱらってしまう。

そうなれば、一時間、二時間などはあっという間、しまいに三時間でも五時間でも、だらだらと飲み続けては、意味のない放言《ほうげん》に時を過ごし、甚《はなは》だしきはへたくそなカラオケなど聞かされるやら、裸踊りを見せられるやら、素面《しらふ》のこちらとしては、その数時間はまさに拷問《ごうもん》にも等しく、退屈不愉快も極まったものだから、私は一切「飲み会」というものには参加しないことに決めている。

クラブのOB会なども、決まって新宿あたりの呑屋を会場としてやるというので、タバコの毒煙《どくえん》を吸わされるのも往生《おうじょう》だし、無意味な時間と決まっているものをつきあう気にはとうていなれない。

それでも、まだ若い時分には、そうそう長上《ちょうじょう》からのお誘いを拒絶もできなかったので、まあ一応ホステスのサービスするバーなどにも足を踏み入れたことはある。あるがしかし、香水臭いホステスに隣に座られるのも楽しからぬことではあり、見も知らぬ人を相手になんの話も思いつかぬから、私は、ほかの男たちが、だらしなく酒に酔っぱらっているのを横目に見ながら、ただ腹の冷えるウーロン茶などをチビチビやり、黙然《もくねん》と我慢の時間を過ごしていることになる。すると、ホステス嬢も間《ま》が持たなくて弱ったのであろうか、

「あら、こちらの先生は、無口でなにもお話しにならないのね」

などと言われたものだ。なに、私はごくお喋《しゃべ》りな男だが、酔っ払いを相手に話しても仕方ないので、黙っていたばかりだ。ましてなぜ見も知らぬホステスのご機嫌を取る必要があろうかと思ったまでである。

すると、ある先輩は、林はホステスのいるバーなどは苦手だろうから、と言って、銀座のさるバーに私を連れて行った。カウンターだけの小さな店で、老練なバーテンダーが一人、寡黙に客の相手をして、お客はみな静かにチビチビと上等の洋酒など飲みながら、ぼつぼつ話をす

るという調子であったけれど、これまた私にはただ退屈で無駄な時間であったとしか思えなかった。

酒飲みには、結局、酒を飲まない人間の気持ちなどは分かるまい。いや、こちらも、酒飲みの人間の気持ちなどは、もちろん毫《ごう》も理解せぬ。

人間関係は酒によって円滑になる、などという人もあるが、円滑になるのと同じくらい、酒の上で諍《いさか》いを起こすという確率もあるに違いない。あるいは、酒を酌み交わして初めて中味のある話ができるというようなことを言う人もいるが、私はどんなに中味の濃い話でも、すなわち素面で承《うけたまわ》る。むしろ人生にとって大切な話を、酔余《すいよ》の朦朧《もうろう》たる頭で話すのは申し訳ないことだというくらいに思っているのである。

今では、いかなる理由があろうとも、飲み会という形の会合には一切参加しない。もしほんとうになにか交友を深めたいのであれば、ぜひ飲み会でなく「茶話会」ということにしてもらいたい、それが私の心からの願いであるが、この意見に男たちは決して賛成しないのは、じつに不思議と言うほかはない。

羽田空港の非国際性

飲食店における喫煙の禁止については、ずいぶんあちこちに書きもし、講演などもしてきた。もちろん私はタバコなどは決して吸わぬばかりか、完全禁煙でない飲食店には原則として足を踏み入れないことにしている。なにしろ、私は非喫煙者であるばかりでなく、喘息持ちでもあるので、タバコの煙に曝《さら》されると、それは大げさでなく健康上非常に危険なのである。

私は、ただただ、喫煙しない大多数の人間、とくに子供たちが、タバコの害煙に曝されることのないようにと思って、飲食店の原則禁煙を真摯《しんし》に訴えているに過ぎないのだが、どうしてそれを分かってもらえないのか、ほんとうに情けない限りである。

折々、私は九州へ講演に出向く。そのため、羽田空港を利用せざるを得ないのだが、行くたびにいつも感じることながら、いったいこの羽田空港というのは、本気で国際空港となる気があるのだろうかと、はなはだ疑問である。

本論に入る前に、まずは近年の統計的事実を確認しておきたいのだが、ほかならぬＪＴ（日本たばこ産業）が発表している全国喫煙者率調査によると、平成三十年の成人喫煙率は、男子で二七・八％、女子で八・七％だとある。昭和四十年代には、男子では八二・三％もの人が喫煙していたことを思うと、まさに隔世《かくせい》の感がある。

が、その割には、飲食店経営者たちの考え方が、いっこうに進歩していないのは、まことに不思議である。

叙上《じょじょう》の統計数値、もちろんこれは成人男女の統計だから、子供は一切含まれていない。ここを勘案するならば、全国民のうちに喫煙者は一五％もいないことが明々白々の事実である。なにしろタバコの販売元がそう公表しているのだから、間違いはあるまい。

さて、あるとき九州出張に際して、羽田空港に着いた私は、ちょっとフライトまで時間があったので、コーヒーなど喫しようかと思ったのだが、いつも利用している第一ターミナル奥の禁煙のカフェがなぜか閉じられていて使えなかった。

ところが、その二階にある喫茶は室内の上部が仕切られていない、形だけの分煙で、室内は喘息持ちの私には堪《た》え難い烟《けむ》ったさであった。

その奥のほうのラーメン屋に至っては、店頭に堂々と、

「喫煙できます」

などという馬鹿げた看板を立てて、大いに喫煙を煽《あお》っている様相である。私はもちろんそんな不見識な店には近寄ることもせぬ。

しょうがないので、こんどは空港ビル中央の、レストラン街にある、ちょっと洒落た風のカフェに行ってみたのだが、これがまた形ばかりの分煙で、しかも喫煙席は広々として席数も多く、禁煙席は片隅にちょっとだけ拵《こしら》えたという風情である。

その実際の利用状況を観察してみると、なんぞ図《はか》らん、喫煙席はほとんどまったく空席で、一人二人が広々としたところに座っているに過ぎぬ。が、禁煙席はもう満席で、後からきた家族連れは、「喫煙席なら御利用できますが」などということを宣告されて、非常に困惑のていであった。

こういう状況を、毎日経営者は見ているのだろうに、どうして、かかる理不尽な状態を改めようとしないのだろうか。私はこの店の写真を証拠に撮影してきたが、こうした現実は、つまり、「完全禁煙にしないことが、経営上のリスクである」ということを如実《にょじつ》に示している。

先に、厚労省が主唱して推進しようとした、飲食店の原則禁煙の法制化は、タバコ議連などという不見識な団体の策動で圧殺されてしまったが、それは返す返すも遺憾《いかん》なことであった。もしこれがちゃんと制定されていたならば、ほとんどの飲食店は禁煙となり、そのお陰で経営上のリスクを免《まぬか》れることができたものを、とそこが惜しまれる。

よろしいか、なにしろ喫煙者は一五％もいないのだ。そして大多数の八五％以上の人は、ただその少数の喫煙者のわがまま勝手のために、迷惑のみならず健康上の危険をまで負わされているのである。これを理不尽と言わずしてなんであるか。

イギリスでは、もうとっくにすべての飲食店は禁煙となった。酒場を含めてのことだが、その禁令は粛々《しゅくしゅく》として行われていてなんの不都合もない。アメリカでは、たとえば空港のような場所では、レストランもバーもみな禁煙で、聞くところではホテル客室も原則禁煙だという。かつてシカゴ空港でその現実を見聞して、私は羨望《せんぼう》に堪えなかった。どうして、イギリスやアメリカで行われていることが、わが愛する日本ではいっこうに実現しないのであろう。烈々《れつれつ》たる愛国者たる私は、ここにおいて、わが祖国の名誉のために、非常な遺憾を覚えるのである。

しかもまず外国旅行者が接する「最初の日本」である国際空港の羽田が、この体《てい》たらくでは、なんとしよう。空港ビルの経営者には国際性も改革マインドも無いのであろうか。

五輪を目前にして、わが国を代表する大空港である羽田が、かくも非国際的かつ後進的な現状を、私は世界に向かって心底恥ずかしいと思わずにはいられないのである。

公道上の無法

もう五十年ほども昔、私が初めて免許を取って自動車を運転した時分には、世の中はまだしごく牧歌的で、乗用車のシートには事故時の鞭打《むち》ち症を防ぐためのヘッドレストも無ければ、一般の乗用車用シートベルトなどというものも存在していなかった。

ところが、経済発展とともに自動車の台数は増加の一途を辿《たど》り、しかも取り締まりが今ほど厳格でなかったこともあって、交通事故死は毎年増え続け、それ自体がひとつの社会問題化してきた結果、年々歳々《ねんねんさいさい》法律や規制は厳格化され、取り締まるための機器なども整備されて、一九九〇年代以降はしだいに交通事故死者数も減少してきた。交通事故死者が最悪であったのは一九七〇年で一万六千七百六十五人に上ったが、二〇一七年は、三千六百九十四人と、最悪だった年に比べて四分の一以下にまで減少したのは、まことに結構なことである。

これは交通警察の絶えざる取り締まり、道路の構造や標識・信号などの整備、交通安全教育の徹底などいくつもの理由が考えられるけれども、同時にまた、自動車の側もシートベルトの装備や、ブレーキ性能、衝突回避のための制御装置など、あらゆる技術を駆使して交通事故やそれによる死傷者を減らすべく、いわば日本国中総出《そうで》で努力を重ねてきた結果に相違《そうい》ない。そのことは、まさに慶賀《けいが》すべきところである。

ところが近頃、まことに納得のいかぬことが出現してきて、いったい警察や法務省はなにをしているのだと、非常な憤《いきどお》りを感じることがある。

それはほかでもない、ゴーカートのような不完全な自動車（？）が、なんの規制も受けずに、天下の公道上を走り回っているという、この奇怪千万《きかいせんばん》な現実である。

これはほんのここ一、二年のことだと思うのだが、以前だったら、ごく一部のゴーカート専用サーキット内で、ヘルメットを被《かぶ》ったドライバーによって運転されているに過ぎなかったゴーカートが、わが物顔で公道上を走り回るようになったのである。

ごく最近、丸の内界隈のもっとも交通繁多《はんた》な大通りを、五台も十台ものカートが、あたかもサーキットを走るが如《ごと》くに騒がしく、ワンワンと右往左往しつつ走り回っているのに遭遇して、私はびっくり仰天《ぎょうてん》した。

なにしろ相手はゴーカートだから、屋根もなければドアも鋼鉄のボディもない。見ればどうやらシートベルトも装備されていないようだし、むろんヘッドレストなどあるわけもない。そうして、よく見ると、運転しているのは外国人連中で、どういう悪ふざけなのか、なにかアニメ風の妙な着ぐるみなどを着《ちゃく》し、ただささえ危険な大通りを何列にも横に広がって、しかも奇声を上げながらわが物顔に走り回っている。

ふざけるんじゃない！　どうして警察は、こんな言語道断な奴らを取り締まらないのだ。

ところが、こういう不完全で危険な代物《しろもの》が公道上を走ることを取り締まる法律がないのだという。おそらくは、エンジンの排気量が50ｃｃ以下であって、法規上は原付自転車に相当するから、自動車の安全基準は適用されない、とかまあ理屈としてはそんなことを官僚たちは言うに違いない。

しかしね、仮に私どもが、シートベルトをしないで乗用車で走っていたとしたら、それは安全運転義務違反で取り締まられ、反則金や減点を取られる。ヘッドレストのない乗用車などは、そもそも車検だって通らないだろう。

それなのに、カートが、そういう法規の埒外《らちがい》にあると言われても、おいそれと納得はできかねる。あの老人や足の悪い人が乗る電動カートのようなものは、歩く程の速度しか出ないもので、四輪でも自動車の枠外に置いてよいと思うのだが、ゴーカートのようなものは、あきらかにそれとは違う。もとより排気ガス規制も安全基準も、すべて埒外の無法な「自動車」が、「大目に見られている」ということ自体、法治国家としていかがなものか。

しかも、どうやらSNSなどで、この日本のカートのことが評判になっていると見えて、大《たい》挙《きょ》して押しかけてきた外国人観光客が、日本の道路事情にも不慣れな状態で、おそらくは交通法規だってろくに知らないままに、こんな危険な乗り物を乗り回しているのである。

それらは、現にあちこちで事故を起こしてもいる。あるときは電柱に衝突し、あるときは駐車中の車に接触しなど、いくらもその例がニュースになる。

しかし、現行法ではこれを禁止することができないのであるならば、立法府としての国会は直《ただ》ちに対応する法律を作るべきではないか。どうして、こんなことが法規上野放しになっていて、警察が取り締まろうにも法律がないなんてことが許されているのであろう。

カートといっても、現実にはエンジンのついた鋼鉄の車である。万一にも歩行者や子供などに衝突接触すれば、命にもかかわる。そうなってからでは遅いではないか。

もし警察や法務官僚に良心と常識があるならば、どうかあのような無法な乗り物が公道上を走ることを直ちに禁止すべく手を打ってもらいたい。

観光立国だからといって、無法なものを野放しにして良いわけはないのである。

余計《よけい》なお節介《せっかい》

テレビのニュースで次のような事件が報じられた。

なにやらまだ中学生の年端《としは》も行かない少女に、それらしいドレスなど着せて、いわゆる「コンパニオン」として派遣し、それで金もうけをしていた男が逮捕されたということがある。

おそらく、こういう輩《やから》の心中を忖度《そんたく》すれば、「べつに売春などさせようというのでなし、ただきれいなおべべを着せて、簡単なアルバイトで小遣《こづか》い稼《かせ》ぎをさせただけなんだから、まあ、いいじゃないの」とでも考えていたのであろうかと思われる。

江戸時代まで遡《さかのぼ》れば、各地に遊廓《ゆうかく》などがあって、そこでは「かむろ」と称せられる少女たちが、まったくの遊女予備軍として養われ、座敷にも出されていたという現実があった。

そもそも、日本のこういう花柳《かりゅうかい》界的伝統意識のなかでは、少女に酒席などのサービスをさせることなど、なんとも思わなかったということが、事実あったのである。

が、しかし、そんなことが本来許されるべきでないことは、むろん事新しく説くまでもない。この日本は、世界の先進国に肩を並べる近代民主国家のはずであって、子供たちを労働力と見做《みな》して勉強もさせず働かせている前近代的社会ではないからである。

だからこそ、その男は逮捕され、厳しく警察検察の糾問《きゅうもん》を受けているのに違いないのだが、そこで私は、いやいやちょっと待てよと思うのである。

もしそのコンパニオンとやらが、少女ではなくて、れっきとした成人女性であったとしたら、天下晴れてなんの問題もないか、とそこを借問《しゃもん》したいのである。

私自身は一切酒は飲まぬし、酒席には決して参加しないから、その座持ちをなす女性達にサービスされたこともないし、またされたいとも思わない。

ひるがえって、立食式のパーティというような会食形式を考えてみるに、これはそもそも、男女が原則として同数……主《しゅ》にはカップルの形で参加し……相集《あいつど》うて、各自よろしく好きなものを取って飲食し、そこにお仕着《しき》せでない自由な楽しみがあって、しかも着座しないことによる自在な交友発展が期待されるというのが、本来あるべき姿だったはずである。

こういう西欧的な立食パーティを日本で最初に実施したのは、慶應義塾の福澤諭吉であったらしい。すなわち、明治十九年五月二日付の子息一太郎宛書翰《あてしょかん》に、

「昨日《きのふ》は、婦人之《の》客致《いた》し、凡《およそ》五十名ばかり、一々《いちいち》膳《ぜん》を備《そな》へず、テーブルに西洋と日本と両様《りやうやう》之食物を併《なら》へ置《おき》、客之《きゃくの》銘々《めいめい》取るに任せて、先《ま》つ立食《りつしょく》之《の》風《ふう》に致し、事新しけれ共《ども》、衆婦《しゅうふ》人《じん》実に歓《くわん》を尽《つく》したるが如《ごと》し、取持《とりもち》は内《うち》之《の》娘共《むすめども》と外《ほか》に社中《しやちう》のバッチェロル八、九名を頼み、誠《まこと》に優し

く且《かつ》賑《にぎやか》に有之候《これありさうらふ》。此様子《このやうす》にては、婦女子《ふぢよし》も次第《しだい》に交際之道《こうさいのみち》に入《い》る事難《かた》からずと、独り窃《ひそか》に喜《よろこ》ひ居候《をりさうらふ》」

と書いているのがそれである。これを見ると、自邸に婦人客を招いて立食式の設《もう》けをなし、これに義塾の卒業生たる男子八、九人がサービスをしたと見える。

さすがに、カップルで男女同数相集うたという訳にはいかなかったけれど、この早い時代、すぐれて男尊女卑富国強兵の時代に、女性客を男の学士《バッチェロル》たちが接待して和気《わき》靄々《あいあい》たる会合を持ったというのは、たしかに新しい。

さてそこで、ただいまの借問、すなわちコンパニオンという存在は、ほんとうに問題ないのかということになると、こんなことをいまだにやっているのかと、わが尊敬する福澤翁《おう》は、さぞ草葉《くさば》の蔭《かげ》で嘆かれ、かつお叱《しか》りになるのではないかと思うのだ。

どうして、そういう商売が必要なのかといえば、畢竟《ひっきょう》それは、パーティがほとんど男ばかりの参加という形で開催されるからで、政治家たちの政治資金パーティなどは、恐らくその最たるものに違いない。即《すなわ》ち男社会的会合は、一見真っ黒なる様相を呈《てい》し、それではあまりに色気がないからというので、酒食のサービスに任ずる花々《はなばな》とした女性たちを傭《やと》ってこようという寸法であろう。

私もいやいやながら、そういうパーティに出ることが稀《まれ》にあるが、もとより私は立食式に並べられた食べ物には原則として口を付けないという主義である。ちゃんと食卓に座って、主食、副食、汁、などバランスよく整った食事を静かに楽しく食することにしているので、あの雑踏《ざっとう》のなかで立ったままものを食べようとは思わないからである。また、雑踏は空気も汚れているので、私はいつもマスクをしている関係で飲んだり食べたりはできないということもある。もちろん酒は飲まぬし、といって、ジュースなどガブガブ飲み続けるのも面白からぬ。

ところが、そのコンパニオン諸嬢は、それらの飲食物を取ってきては、わが鼻先に突きつけることを以《もっ》て職業としているのだから、まことに迷惑する。

ほんとうなら、そんな不純なサービスは受けたくない。

そもそもこのコンパニオンという存在自体が、すでにジェンダー的に歪《ゆが》んだところに成立しているのであって、そろそろこの現代には無くなってしかるべきものと確信する。そうして、どうかどうか、男女同数の参加ということに願って、余計なお世話を被《こうむ》ることなく、各自自由自在に楽しむことにしてほしいのである。

懲りない人たち

まだ記憶している方もあろうかと思うのだが、先年、大阪府北部で、比較的大きな地震が起きた。

かつての阪神淡路大震災ほどの被害は出なかったものの、痛ましいことに、高槻市《たかつきし》の寿栄《じゅえい》小学校で、九歳の女子児童が、倒れてきたブロック塀の下敷きとなって、犠牲となったのは、なんとも言いようのない痛恨事《つうこんじ》である。

なにが痛恨といって、この事故は、もとより防ぎ得べかりし事故であったからである。誰も予測のできない天変地異ならばいざ知らず、学校教育に携《たずさ》わる大人たちが、当然の責務を果たしていたならば、こんな惨事にはならなかったことであろう。

私はこの小学校のプール脇の塀をテレビの画像で見たとき、なんという高々《たかだか》とした塀であろうかとびっくりした。しかもそれが倒れやすいブロック塀である。

もし身近に、こんな高さのブロック塀が立っているところがあったら、私は決してその脇を歩いたりはしない。

いつ地震がくるか、それはもとより予測のほかだし、常に最悪の地震が来たらどうするかと、考えながら歩くのが私の主義だからだ。

ところが、その塀には、あたかもブロック塀であることを蔽《おお》い隠すような彩色壁画が描かれていて、これが危険な構造物であることを忘れさせる状態になっていた。しかも、なんとその恐るべき塀の真下に児童たちが日々通路とすべきグリーンベルトが描かれているのである。

ここを、大人たちの言いつけを守って歩いていた正直な女子児童が、かわいそうに災厄《さいやく》に遭遇したのであった。

毎日新聞の記事によると、二〇一五年には、防災アドバイザーの吉田亮一さんという専門家が、まさにこの塀を指して、倒壊の危険があるということを、校長や教頭に口頭と文書と二度に亙《わた》って指摘していたという。

これに対して校長は、別の用事で来校した市の教育委員会の職員に塀の調査を依頼したというのだが、その職員はもとよりその方面の専門家でもなく、まあ、ことのついでに、目視《もくし》と棒で叩くなどのごく簡単な検査をして「安全上問題がない」という判断をしたのだそうだ。

こういうのを、世の中では「おざなり」と言うのである。本来子供たちの生命安全をもっとも大切にしなくてはならない学校の責任者たちが、きちんとした業者に委嘱《いしょく》して徹底調査をすることなく、ほんの形だけのおざなりな検査をして「安全上問題がない」として放置しておいた、こんなことが許されて良いものであるか。

そもそも、建築基準法上、三・五メートル以上もの高さのブロック塀は違反構造物であるということすら知らないで、平気でおざなりな検査をする市教委職員の無責任も断じて見逃すことはできぬが、それを良いことにいっこうになんの危機感も持たずに、この惨劇《さんげき》を招いた学校の責任者の犯罪的無責任はほんとうにひどいことである。正しい態度は、いつも「最悪の状況」を、可能性として想定し、神経質なまでの危機感を持ちながら経営に当たることであって、「まあ、だいじょうぶだろう」というような態度は、もっともあってならないものである。

そういえば、あの福島第一原発の事故にしてからが、大震災の二年ほど前には、十五メートルを超える大津波の危険性が指摘され、それに対応すべきアドバイスがなされていたにもかかわらず、「まあ、だいじょうぶだろう」と希望的観測に基《もと》づいてなにも対策をとらなかったそのことが、あの国家的大惨事の根本の原因にほかならなかった。

この、なにかが起こらない限り、「まあ、だいじょうぶだろう」と根拠のない楽観論を以て事に当たるという態度こそ、今この日本にあっては、もっとも清算《せいさん》されなくてはならないはずのところである。

とかく、学校でなにかの事件が起きると、校長や市教委などの責任者が、事実を隠ぺいしてごまかそうとしたりすることも、幾多《いくた》の実例がある。

現実は、「どんなことでも起こり得る」のであり、「まあ、だいじょうぶだろう」などという観念は、まっさきに捨てなくてはならぬ。それでなくては、校長などといって人の上に立ち、児童生徒たちの生命安全を預かることなどできはすまい。他者から指摘される前に、まずは校長を先頭として教職員全員で、校内に危険な箇所はないのか、もし大地震が起こったらどんなことが出来《しゅったい》するだろうかと、そういう悲観的な方向に最大限の想像力を働かせなくては、安全など確保できるものではない。

これについて、高槻市の教育長は「日常の点検のなかで甘さがあったと思う」と述べたと、新聞記事は伝えているが、いやいや、「甘さがあった」どころのさわぎではない。度々《どど》の注意も尻に聞かせて、いい加減な形だけの検査でこと足《た》れりとしていた校長らの責任は限りなく重いとして責任追及の先頭に立つくらいの、本気がなくてはなるまい。また、校長が市教委の職員に検査を依頼したとき、おざなりな検査で安全だと報告したその職員について申そうならば、そういうときは「自分たちには判断できないので、専門の業者できちんと検査してくださ い」と言うべきが職業上の倫理ではなかったか。

校長も、市教委も、また定期検査をしていたという業者も、おそろしく職業倫理が欠如《けつじょ》している、それが、このいたいけな少女の命を奪ったのである。罪万死《つみばんし》に値《あたい》するというべきであろう。

むしろ逆です、女性医師問題

入試は、すべて公正公平であるべきだ、とそれは確かにそうなのだが、世の中には本音《ほんね》と建前《たてまえ》とあるのはやむを得ないところがあって、かつて私自身短大の教師であった時代にも、入試に完全な公正公平が保たれているわけではないことを、いやおうなく知った。

恣意的《しいてき》に加点減点などはしなかったが、最終的な段階で、学科長が学長室に呼ばれ、協議の結果、最終的な合否が決まるという現実があった。つまりは、何名かの「特別合格」のような事実が遺憾ながら存在したことを告白しなくてはならぬ。ただ、そのことで本来合格すべかりし人が落第になるということは無く、単純に何人かが余分に合格にするという程度であったように思う。

しかるに、先般来世間を騒がせている東京医科大学の入試不公正問題は、上記のような単純なものとは違い、はるかに深刻な問題を含んでいるように思料《しりょう》せられる。

ことは人の命を預かる職業である医師を養成する大学の合否に関わる問題である。情実《じょうじつ》によって合否の基準が歪曲《わいきょく》されるということになれば、本来医師となるべきでなかった者が合格し、もしかしたら良医となったかもしれぬ人が落とされていた可能性があるということだ。

もっとも、医師になるには、最終的に国家試験をパスしなくてはならないから、大学の入学イコール医師の認定ということにはならないのが救いであるが、しかし、少なくとも情実や金銭的取引で落とされたほうはたまったものではあるまい。

……と、そのように私は考えていた。ところが、ところが、問題はその程度のことではなかった。

すなわち、この大学では、女子受験生には一律の減点を課して、女子の合格者が増えないように操作していたという事実を知ったからである。

近代以後の日本では、女子医大も作られたくらいで、女性の職業として医師というものが次第に平等に認められるようになってきたのだと、まあ単純に思っていたのだが、どうやら現実はそうではなかったらしい。

もともと、医学、理学、工学などの、いわゆる理系の学部は男が大半で女子学生は少数なのだという思い込みがあり、それゆえに、理系の女子学生を「リケジョ」などと言って妙な珍《ちん》重《ちょう》をするということがあった。

しかしながら、もしほんとうに平等に教育の機会が与えられ、同じように勉強に励んだならば、女子のほうが男子よりも真面目な分だけ成績が勝《まさ》る、とこれはのっぴきならぬ事実であった。そこで、私の出身大学である慶應義塾大学の文学部などは、女子の得点の高い傾向のある国語を入試から外してしまって、相対的に男女の比率がバランスの取れるように図ったというような現実もある。

が、そういうことと、女子に一律減点をするというような露骨な操作とのあいだには本質的な違いがあろう。

問題はどうして女性医師が増えてはいけないのか、ということに帰する。

テレビタレントの某女性医師が、もし男女を平等にしたら女子合格者が増えて、医者は眼科と皮膚科ばかりになってしまう、というようなことを言っていたが、どうも賛成いたしかねる。たしかに、女性は人生史のなかで、妊娠・出産ということがあるわけだし、また月経による体の不調ということも人によっては避けられぬ。だからといって、しかし、女性医師は少数であるべきだろうか。

すべては発想が逆のように思われる。

たしかに女性は妊娠や出産の大仕事によって、一時休職を余儀《よぎ》なくされるかもしれぬ。しかし、そのゆえに女性医師を少なくしようというのは理屈が通らぬ。少子化が大問題だと言いながら、そのじつ、女性が安心して子どもを産み育てることを助けるシステムになっていないのこそ本質的な問題なのだ。

女性医師も安心して結婚し出産し、また夫と協力して育児に当たることができるのでなくては、少子化対策などいくら叫んでも所詮画餅《しょせんがべい》に帰する。こういう問題をみなが共有して、一時現場を離れる女性医師を容認し、仮にそれで一割の女性医師が休職するとしたら、その分一割は多く女性医師を養成するというくらいでちょうどいいのではあるまいか。

欧州の現状を見れば、女性医師は少数であるべきだというような考えが謬見《びゅうけん》であることは自明である。現に、欧州先進諸国では、二〇一七年のOECDの統計を見る限り、四十二歳以下の年齢では、ほぼ例外なく男女同数もしくは女性医師のほうが多数を占めていて、就中《なかんずく》バルト三国では七割以上が女性医師である。それでも眼科と皮膚科ばかりになってしまったなどということはあるまい。

男でも女でも関係なく、よく努力したものは、応分に報われるべきで、努力と関係のない性別などで機械的に選別されるべきではない。こんなことは現代では当たり前なのだと思っていたら、なんと、東京医大では女子だけ減点することになんの不思議も感じなかったらしい。

女性医師が増えたら困る理由など、じつはどこにもない。優秀で真面目な女子学生が、その女子であるがゆえに医者になれないなどということは、どう考えてもあってはならぬことだと、私は確信するのである。

2

なんとかならぬか

下戸《げこ》の差配《さはい》

忘年会とか新年会とか、とかく年末年始は酒飲みの機会が多い。それについて思い出すのは、今は亡き恩師池田弥三郎《やさぶろう》先生のことである。

先生は、大の酒好きであった。自然、先生の周囲には、酒飲み連中が集まってきて、ご自宅でも、また外でも、なにかといっては賑やかな酒席となるのが常であったし、また先生ご自身、率先して飲まれたけれど、感心することは、その酔い方が上品であったということである。

人も知るごとく、私は、生まれつきの醇乎《じゅんこ》たる下戸で、酒というものは、すなわち毒薬と心得るくらいのことなのだが、そのことはもちろん池田先生もよくご承知であった。だからといって、その賑やかな集まりから疎外されるということもなく、和気靄々《あいあい》たる酒席のなかに身を置くことも折々あったのだが、そういうとき、先生はいつもこう言われるのであった。

「おい、誰か、一番飲んでる奴が会計をするように。飲んで会計ができなくなるようなことなら、酒に失礼だから、飲むべきじゃないんだ」

江戸っ子の気概というのはこれである。飲んで品格を失わず、理性を崩さず、飲んだがために間違いをしでかすとか、人間関係を損なうとか、そういうことがあるのであれば、酒を飲むべきではない、とそれが池田先生の凜《りん》たる矜持《きょうじ》であった。

だから、私は、酒席に参加することがあっても、ただの一度も会計役などを申し付けられたことがない。それどころか、林は下戸だから、会計などするには当たらないというのが先生の意見なのであった。

しかしながら、池田先生のような考え方は、世の中ではむしろ少数意見であるに違いない。まかり間違って、酒品のよろしくない人と同席するようなことになると、くだくだと無意味な長広舌《ちょうこうぜつ》を聞かされたり、ねちねちとからまれたり、反吐《へど》を吐く泥酔者の介抱をさせられたり、およそろくなことがない。

したがって私は、今では、一切の酒の席には出席しないというのを旨としていて、食事を共にしつつ素面《しらふ》で歓談に時を過ごすのはよろしいけれど（また、その食事に伴っての少量の飲酒くらいは問題にしないけれど）、いわゆる「飲み会」に類する集まりには、間違っても参加しない。そんなことをしている時間は、人生の無駄だと心得るのである。

酔っ払い運転の事故やら、酔余《すいよ》の座興のつもりのセクハラ事件やら、泥酔の喧嘩沙汰やら、酒のもたらす人的被害は計り知れぬ。

が、しかし、そういう私でも、浮世のしがらみというものは否応なくあるもので、どうしてもある集まりの幹事をやれと言われて断れないことがあった。

こういう集まりにおける不条理は、酒飲み連中は散々飲み食いしているのに、下戸の私は、せいぜいウーロン茶くらいしか飲まぬ。食べるものも酒のサカナみたいなものばかりなので、腹の足しにもならぬ。しかしそれでいて会費は一律、とここがもっとも気にくわぬ。だからといって、俺は酒を飲まぬから一人だけ会費を負けろとも言いがたい。

そこで私は、幹事を引き受けるについて、案内状に、次のようにしたためた。

「○月○日、午後六時より、三田C飯店にて。

会費　一人六千円
※ただし、上記会費には一切の酒代を含みません。本会幹事としては、食事の手配は致しますが、酒のことはまったく知らぬことゆえ、もし飲みたいという場合は、駅前のN酒場にて各自勝手にしたためてからおいでになるか、会場にて独立に買い求めてお飲みください。その際、幹事は一切の差配・精算等は致しかねます。上記会費はすべて食事代ですので、飲みたい人は、その飲みたい分を自己負担願います。幹事　林　望」
こういう案内状を作って送り付けたところ、実際には、その会では誰も酒を飲まず、美味しい中華料理を食べながら、素面での歓談を尽《つ》くし、じつに楽しい一夕《いっせき》となった。

考えてみれば、たとえば茶会というような風雅な集まりのシステムは、要するに酒というものを含まず、みんなが平等に、理性的に、高雅な清談《せいだん》に時を過ごし歓《かん》を尽くそうということであったに違いない。

そういう世界的に誇るべき歓談のシステムを持ちながら、とかく飲み会飲み会と、飲むことばかり考えているような現代の風潮は、まことに浅ましいものに思える。このごろは、そこへ「女子会」と称して女だけで集まって飲む会やら、「合コン」と称して酒の上で男女が仲よくなろうなどというだらしない趣向やら、まことに情けないことだと私は思っている。

酒を飲むなとは言わない。しかし、「酒を飲みに行くな」と私は主張するのである。酒が自己目的というのが、人生を誤る基《もとい》ですらある。

と、こういうわけで、私は己の信ずるところにしたがって「下戸の差配」を実行したのであったが、以後、ただの一度も私に幹事をやれということを言ってきた人はいない。呵呵《かか》。

日本歌曲のお手本

じつは、なにをかくそう、私は声楽のCDを収集して、それを片端《かたはし》から聴くことを以《もっ》て、大きな愉《たの》しみとしているのである。なかでも、日本歌曲の音源となると、とにかく手当たり次第、見付けるに従って買う、という意気込みで、それはもうずいぶんな枚数が手元に集まった。しかし、遺憾千万《いかんせんばん》なことに、それらの日本歌曲CDの大半は、一度聴いて二度と聴く気がしない。

私の声楽CDコレクションのもう一つの核はイギリス音楽で、古くはエリザベス一世時代の古楽もの、すなわちジョン・ダウランドや、ウイリアム・バード、トマス・モーリーなどの世俗曲から、二十世紀の近現代音楽ものまで、これも極力網羅《もうら》的に収集しつつある。

こちらのほうは、驚くべきことに、ほとんど「外れ」ということがなく、なにらかの意味で聴きどころがあり、演奏のレベルもじつに高い。

教会クワイアの伝統に富むイギリスでは、キングズ・シンガーズ、スコラーズなど、お馴染の重唱団だけでなく、ザ・ヒリアード・アンサンブル、コンソート・オブ・ミュージック、さらにはキングズ・コンソートなど、世界に冠たる力量の演奏団体が犇《ひし》めいている。なおかつ、たとえば、ブリテンの音楽に於《お》けるピーター・ピアーズなど、古今独歩の世界を形成している演奏家も少なくないなかで、最近私が愛してやまないのは、アイルランド歌曲や、その歌い手たちだ。

なかでも、ローナン・タイナンという人が良い。

この人は、もともとお医者さんで、なおかつ現役バリバリのテノール歌手という変わり種である。

その声は甘く牧歌的で、人生の酸いも甘いも嚙み分けたような滋味《じみ》と説得力に富み、なんど聴いてもますます良い、という感じがする。

アイルランド歌曲は、独特の旋律《せんりつ》感とペーソスに満ちた詩を持つものが多く、『Galway Bay』『When you were sweet sixteen』『Rose of Tralee』『Molly Malone』『Irish Lullaby』などなど、ああああ、挙げていけば、それはもうほんとうに切りがない。

もちろん、イタリア歌曲は、それこそ歌曲の本場とも言うべく、私も大好きで自ら歌う機会も多いのだけれど、なんといってもイタリア語がよく分からないというのが悔しいところで、ドイツリートも、こと「詩の味わい」ということを感じようと思うと、いかにも隔靴搔痒《かっかそうよう》の感を免れぬ。

さて、そこで、日本歌曲である。

歌を、母語で歌い、聴くことのできるアドバンテージを、私どもはもっともっと大切にしなくてはならぬ。

母語というのは、「音」を聴いて「理解」するのでなく、直接に「意味」を聴いて「感じる」ことができる。この違いはまことに大きい。それだけに、日本の声楽家たちが日本歌曲を歌うことに、もっと積極的に関わって欲しいと思うのだが、現実はまことにお寒い状況なのだ。

なにしろイギリスだと、ハイペリオンとかナクソスなどの、非常に見識の高いレーベルがあって、明らかに大量に売れるはずもないような、しかし、音楽的に文学的に、あるいは歴史的に意義のある音源を、孜々《しし》として敢然としてリリースし続けている。その良心的で揺るぎない姿勢はまことに頭が下がるところ、よほど勝れた見識と芸術的良心を持った制作者・技術者、そして聴き巧者《こうしゃ》たちが大勢イギリスにはいるに違いない。

ところが、日本は、実に実に実に情けない現状で、もうほとんどどこの大手会社も、まともに日本人声楽家の日本歌曲の音源など出そうとしない。もっともディスク・クラシカのように、その試みを細々《ほそぼそ》と続けている会社もあるにはあるのだが、これは製作費を演奏家自身が負担するというシステムだから一種の自費出版で、ハイペリオンなどとはまったく違う。

そういう状況のなかでも、しかし、名バリトン畑中良輔さんの『歌の翼に』(ビクター、

VICC60138）というＣＤの存在することを、せめて嬉しく思う。多くは日本歌曲が収められていて、まことに聴きごたえある一枚だ。

畑中さんは、東京藝大の声楽教授としても夥《おびただ》しい後進を育てた名伯楽《はくらく》だけれど、そのレッスンに当たって、日本歌曲などは特に、歌う前にまずは詩を朗読させて、そこから徹底的に仕込まれたと聞いている。

なるほど、この『歌の翼に』を聴くと、なんと、これほど明晰《めいせき》に説得的に日本語の詩を歌った歌手が他にいるだろうかと思う。無理のない正しい発声に、深い理解に基づく明晰な詩の歌い方、何度聴いても、ここには正真正銘の「うた」が息づいている。

私自身は、歌曲の詩をずいぶん沢山書き、それが私の使命の一つだと思っているのだが、それだけに、歌詩のことなどいい加減に、ただ惰性で歌っているような歌い手ばかり多いことに、いつもがっかりさせられる。

しかし、畑中良輔さんだけは、別格であった。日本歌曲を歌うお手本のような方であった。もっともっと多くの音源を残して頂きたかったけれど、でも、せめてこの『歌の翼に』があることを喜ばねばなるまい。

……が、その畑中さんも、二〇一四年の五月に、忽然《こつぜん》として世を去ってしまわれた。日本歌曲の世界は、嗚呼《ああ》、大きな輝かしい星を失ったと言うべきか！

テレビよ、しっかりせよ！

日本にテレビジョン放送が登場したのは一九五三年、今年はもう六十七年目に当たるわけである。人間なら六十歳の還暦をとっくに過ぎて、分別もつき、そろそろ金儲けばかりの人生から足を洗って、世のため人のために力を尽くそうか、とそんなことを考える年ごろかもしれない。

では、四捨五入すれば古稀《こき》も近いテレビ業界はどうであろうかと、ふと考える。人間だって、還暦を過ぎて立派に人格の仕上がる人ばかりではあるまい。むしろ会社という箍《たが》が外れて、急に身を持ち崩す人だって少なくないかもしれぬ。

要は年数年齢ではなくて、中身なのだ。志《こころざし》なのだ。「亀の甲より年の功」とは言うけれど、さらに申せば、むしろ「年の功より中身が大事」とでも言うべきか。

しかし、テレビ業界もすっかり頭打ちという現実のなかで、なんとか新機軸を出してブレークスルーしたいと、そういう心からであろう、しばらく以前には、3Dテレビというものを鳴り物入りで宣伝していたが、これはどうやらたいしたブームにもならなかったらしい。

私自身は、画面を立体的に見るというようなことには、なんの興味も感じない。画質など現状のハイヴィジョンで充分、むしろ立体テレビなどは、目が疲れそうな気がして、ちょっと願い下げにしたいというものだ。おそらく、3Dテレビが、イマイチ不発に終わったのは、そういう思いを持った人が多かったからであろう。そこで、こんどは平面は平面ながら、4Kテレビというものを、家電業界は押し出そうとしているらしい。なんでも、現在の画面の四倍の高精細《せいさい》だそうだ。

しかし、仮にそういう素晴らしいテレビ受像機が陸続《りくぞく》発売されたとして、それがテレビ業界の起死回生の大ヒットになるだろうかと想像してみると、どうも首を傾《かし》げざるを得ぬ。

そもそも、さような画質の受像機で、いったい何を見るのであろうか。

すなわち、人間にとって還暦ともなれば、多少ハンサムだとか美人だとか、あるいは足が長いやら胸が大きいやら、そんなことは「人としての価値」としてカウントされなくなる。

テレビだって同じことだと思うのである。

いかに画像が高精細で美しいか、ということよりも、その高精細画面で何を放送しているのか、という「中身」、言い換えればソフトウエアの如何《いかん》が、今後のテレビ界の死命を制するのだと、私は信ずる。

私の実感としては、現今のテレビは、まったく「見るものがない！」と言わざるを得ないので、そう思っている大人たちは決して少数ではないと思う。大人だけでなくて、若い人たちも、もはやテレビなどは見るに値しないと思って、もっぱらテレビならぬ、パソコンやタブレット端末などの画面で、頗《すこぶ》る個人的・個別的な情報を受容している、とそういう時代になりつつある。

私の父は林雄二郎といい、二〇一一年に九十五歳で世を去ったが、四十年以上昔に、工学的に未来予測をする未来学（社会工学）という学問を起こした。父は先見の明のあった人で、まだテレビが黎明《れいめい》期にあった時分すでに、テレビというものは、他の家電などと極めて違う本質を持っていると、いつも言っていたものだ。すなわち、一般の家電製品と違い、テレビは本質的に個人志向で、将来は限りなく個人化・個別化していくに違いない、それが父の予見であった。

現実は、まさにそうなってきて、もはや万人向けお仕着せの放送は行き詰まり、インターネットによって、個人が発信し、個人が享受するという双方向送受信時代になってきたのである。

しかるにテレビ放送業界の現状は如何《いかが》であろうか。

朝から晩まで、どの局を見ても、出てくるのはお笑い芸人と、アイドルの若い男女と……つきつめていけば、それで持ち切っている。そうして、仮に「ニュースショー」という衣《ころも》を纏《まと》っている番組でも、まったく同じネタを、早朝、朝、昼前後、午後、と同じような司会者と芸人を並べた番組で延々と垂れ流している。アイドルが頭を丸刈りにしたとか、誰とどこぞへ泊まったとか、そういうことは、果たして天下の公器たるテレビで喋々《ちょうちょう》すべきことであるか。

あまりにも志が低すぎはせぬか。

そしてまた、自局の番組の宣伝、またはプロモーション会社の企画した映画演劇等の宣伝放送など、見るほどにがっかりするというのが正直な感想である。

その陰で、世界中でどんな事件が起きていて、われら日本人がどのようにそれらに対峙《たいじ》しなくてはならないか、という真面目な志を持った番組は、ほぼ絶滅危惧種というべき状態に陥っているのである。

かくて、良識ある、また真摯に制作された番組など寥々《りょうりょう》たる数しか存在せず、ただお笑い芸人やアイドルたちが悪ふざけをして見せている番組ばかりの日本において、仮に鬼面《きめん》人を驚かすような超高精細画像の4K8Kのテレビなどを出してみても、それがテレビ業界を隆盛に導く大ヒットになるとは到底思えない。

テレビに関わる人たちは、どうかここらで、目を覚ましてもらいたい。今や真に国難というべき時代、くだらない楽屋落ちなどやっている場合ではないのだ。

理不尽と安全

毎年私は夏のあいだ、信州信濃大町《おおまち》の山荘で、多くの日を過ごす。新しい本を書かなくてはいけないというような場合に、山ごもりをして涼しい別世界で仕事の進捗《しんちょく》を図るというところである。

ところが、数年前の六月にこの山荘に滞在中、私はとんだ目にあってしまった。

この別荘村は、二万五千坪ほどの広さで、北アルプス山麓の小高い河岸段丘の上にある。私が中学生のときに、父を含むエコノミストの人たちが、一種原始共産制風の別荘コミュニティを作ったのがこの別荘村なのである。村は明るい雑木林に覆われ、真夏でも最高気温は二十八度くらいまでしか上がらない。だから、東京の酷暑を逃れて、私は、少年時代から常に夏はこの村で過ごしてきた思い出の場所なのだ。

さて六月のある日、その日も朝の木漏れ日のチラチラする雑木林の小道を散策して、良い気持ちで家に帰り着いた、その時だった。私の家の玄関のすぐ脇あたりから、一頭の子熊が飛出してきて、私のいるところから十メートルもない至近距離を全速力で山のほうへ駆けていったのである。

かねて秋になると冬眠の前の準備で熊は食べ物の豊富な里へ降りてくることは知らされていたが、まさか六月の朝九時過ぎに、しかも自宅の玄関前で熊に出くわすとは、想像だにしたことがなかった。

大昔も、管理人のオジイサンが、「このあたりにも熊はおるで、ときどき見かけるだいね」と言っていたのを思い出したが、その時分は、熊が出るのは深秋あたりに限られ、夏は、毎年暮らしていてもまさか熊に出くわすなど考慮する必要がなかった。

しかるにじつはこの数年、熊が頻々《ひんぴん》と人里に出現するようになっていたのである。大町市役所でも、最近は熊目撃情報というものを発信しているくらいで、それを見ると、ほとんど毎日毎日、さまで山中でもなく、ごく町に近い人里に、しかも朝昼晩の随時、熊が出没していることが分かる。熊は夜行性だと言われていたが、近頃はそうでもないらしい。なるほど、それなら私が別荘の玄関脇で熊に遭遇しても、とくに奇《き》とするには当たるまい。ただ目撃情報を聞いていただけでは、それほど怖いとも危険とも思わなかったのだが、いざ実際に目《ま》の当たりに遭遇してみると、そのインパクトは半端ではなく、これが一種のトラウマになってしまった。

整形外科医の友人に聞くと、出会い頭《がしら》に顔を合わせると、熊は驚いて前足の鋭い爪で一撃を加えてくるのだという。そうなると、人間の体などは脆《もろ》いもので、あたかもアイスクリームを掬《すく》い取るように、皮膚も筋肉も骨もなにもかもグシャッと持って行かれてしまうので、非常に重傷になりがちだというのであった。

そこで出会い頭の遭遇を防ぐには、常にこちらがそこに存在していることを分からせるように、しょっちゅう鈴などを持ち歩いて音を出しながら歩くことだ、と教えてくれた人がある。熊に遭わぬための唯一の方策は「熊ベル」の携行だというのであった。

それからというもの、私は常にベルを携行してチリンチリンと鳴らしながら歩くようになったが、それでもいつまた熊公が藪《やぶ》から突出して来はしないかと、気が気でないために、村内の散歩を楽しめなくなってしまった。

そう思って戦々恐々と過ごしているのであるが、ある日にはまた、谷の向こうの山から、数発の銃声が聞こえた気がした。もしかするとまた熊が出て、地元の猟友会の人が駆除に出動してきたところだったかもしれない。

それにしても、以前はとりたてて熊など問題にならなかったのに、どうしてこんなに頻々と人里に熊が出るようになったのであろう、そこが問題だ。

一つには上流の熊の生息地を奪うようにして、多目的ダムが建設されたために、熊はやむを得ず人里に出ばってくるようになった、ということがある。

それからもう一つは、最近はどこも、猟友会の人たちがご多分にもれぬ高齢化で、昔のように機動力豊かに熊を追い、これを仕留めるということが難しくなってきたという。その結果として、そもそも熊の個体数が増え過ぎ、いきおい人間と遭遇する機会も増えたのだということもあるらしい。

熊は森の動物の王者で、とくに天敵と目《もく》すべきものも存在しないため、放っておけばどんどん個体数が増えてしまうのである。

じっさい、自然を大切にしようと思えば、野生の動物にはできるだけ手をかけないことが望ましい。本州のツキノワグマなどは臆病な動物で、近くに人間がいることが分かれば、まずは逃げていくそうだが、母熊が子熊を連れて歩いているような場合、母熊は子を守るために襲ってくることもあるらしい。

そうなると、果たして自然保護を優先して、人間のほうが遠慮し注意して過ごすべきなのか、それとも、積極的に駆除を行って個体数を管理し、より安全に人間と動物が共生できるようにするべきなのか、ちょっと悩ましい選択とならざるを得ない。

つくづく人間は身勝手な存在で、本来熊にはなんの罪もないのだがなあ……。

よからぬ思案

世に「貧《ひん》すれば鈍《どん》する」と言うけれど、それはただ人間の行実《ぎょうじつ》についてのみ言うことでもなく、たとえば国家の経営についても、そういうことが言えそうに思われる。

かつて世界第二の経済大国というような栄光をほしいままにしていた時代、それはそれで、拝金主義的な風潮が瀰漫《びまん》したことなど、弊害もたしかにあったけれど、しかし、一億総中流などといって、みなが「それなりの」幸福感を共有していたという意味では、必ずしも悪い時代ではなかったな、と回想される。

しかし、今や時代は変わり、日本国中高齢化の波に呑《の》まれぬところもなく、国全体のエネルギーが、かつての栄光の時代に比べて著《いちじる》しく減衰してしまったことは、これはもう火を見るよりも明らかであろう。

さて、そこで、こういう時代になってきたことを、まずは認めた上で、それではこれからどうやって国を支えていくのか、とそこのところの思想が問題である。

この難しい時代にあって、もっとも悪い思案は、たとえばカジノのようなもの（これをＩＲ

＝Integrated Resort と称するのだそうであるが）を拵《こしら》えて、そこへ外国から大量の観光客を誘致しようというような企《たくら》みである。

かつて某製紙会社の御曹司が、マカオだったかどこかのカジノに入れあげて、会社の金を散々に使い込み、巨大な損失を出したという事件、読者諸賢もよくご記憶であろうと思われるが、そもそも、ああしたことが実際に起こってしまうというところに、このカジノなどという賭博施設の不健全性はよく顕《あら》われている。

私自身は、一切「賭け事」には手を出さない主義である。いや、学生時代に多少パチンコくらいはやったけれど、それもちょっとした暇つぶし程度で、のめり込むということはなかったし、麻雀なども、みな普通にお金を賭けてやっていたけれど、私は金を賭けるならやらない、と言って学友たちに呆《あき》れられたものであった。

そのくらいだから、競輪、競馬、競艇などのいわゆる公営賭け事にもいまだ一度も手を染めたことはない。

せっかく額に汗して手に入れた金を、そういう理由のないことで失うのが、いかにどう考えても理不尽だと思うからである。

いや、失うばかりでなく、一攫千金《いっかくせんきん》で儲けることだってあるじゃないか、と博打《ばくち》好きの人は言うかもしれぬ。

しかしね、誰かが一攫千金で儲けたとしたら、それは他の大多数が無意味に金をドブに捨てたということである。そしてその大儲けする人は常にごく少数であるに決まっているうえに、主催者は必ず「寺銭《てらせん》」を摑《つか》みとるから、巨視的に見れば、賭博という仕掛けは多くの人の損失の上に成り立っている。

いや、仮に運良く一攫千金できたとしても、それは努力の対価ではないところが本質的問題だ。

私は、真面目に努力してお金を稼ぐことは、正しいありようで、それは大いに推奨するところであるが、努力もせずに座して大金を摑もうという考えは、モラルの欠如だと考える。そういうモラルの欠如した人をターゲットとして、いわゆる射幸心《しゃこうしん》を煽《あお》って金を巻き上げる手段が賭博という行為だと一般化できるが、その最たるものがカジノである。

いかに国が「貧して」きたとは申せ、それで賭場《とば》を開設して外国人客からお金を巻き上げようというのは、いかにも「鈍した」考え方である。

そもそも、どうしてもカジノで賭博をやりたいという観光客は、全体から見ればごく一部であるに相違ない。そして、そういう賭博依存症のような人格の人は、日本人に多く、外国人には少ないという統計が、すでに歴々《れきれき》として出ている。

となれば、このカジノで金を巻き上げられるのは、多く日本人の依存者で、外国人からはそれほど利潤を上げることができないと思われる。

いや、カジノは、賭博だけではない、その周囲のホテルとか、劇場とか、飲食店とか、運輸業とか、さまざまの副次的な営業が見込まれて、全体で利潤はこれこれだ、と推進者は言うであろう。

しかしながら、かつては盛んであった地方の競馬なども軒並み不振に喘《あえ》ぎ、観光客の増加を狙ったナニガシのテーマパークなども、たいてい「負の遺産」と化している現状がある。さる現実のなかで、ひとりカジノだけは殷賑《いんしん》を極めつつ、莫大の富を……つまり国の財政を建て直し得るほどの利潤を上げられる、などとは、夢のまた夢と申すべきものではあるまいか。

日本という国は、もっと真面目な、そして文化的な国家ではなかったのか。

日本人は額に汗してみなが真面目に働き、その勤勉なる国民性こそが世界に誇れるものではなかったのか。

神代《かみよ》の時代から、営々として美田《びでん》を拓《ひら》き、人々が助け合って穏健な社会を営んできた、そういう「うまし国」ではなかったのか。

そして少子高齢化の今こそ、再びこの小国寡民《しょうこくかみん》的な徳義をこそ再興すべく、そういうモラルを捨てて、博打打ちに加担《かたん》するようなことは、どう考えてもこの国を「世界から尊敬される国」にする所以《ゆえん》ではないと、私は声を励まして言っておきたいのである。

見るべき物を見よう

あるとき、漠然とNHKテレビを見ていたら、イギリス人造園家のポール・スミザーさんの仕事について放送している番組に逢着《ほうちゃく》した。良い番組であった。

このスミザーさんの作庭《さくてい》の思想は、「まさにそこにあるべきものを育てよ」ということであった。彼は、庭造りを依頼されると、まずその当地の気候や植生《しょくせい》を徹底的に研究する。また、当該《とうがい》の庭の敷地の地勢や土壌などとの整合性も勘案して、どこにどの植物を植えたならば、その植物が快《こころよ》く元気に育っていくのかということを見極める。

その第一着手は、それぞれの土地に土着している植物のなかから（しばしば「雑草」と十把《じっぱ》一絡《ひとから》げにされている植物を含めて）植え育てるべきものを仔細に博捜《はくそう》し、根強い外来植物などは注意深く峻別《しゅんべつ》し排除しつつ、日本固有の植生を取って以《もっ》て庭を形成するという、そういう行き方なのであった。

私は、これを見て、はたと膝を打った。

おお、これこそイングリッシュ・ガーデンの本質のなかの本質ではないか。「庭」という空間のなかに「自然」を模倣する、英国人のガーデニングの背後には、本来そういう思想が流れているのである。

極東でいえば樺太《からふと》くらいにあたるイギリスの植物を、無批判に日本に持ってくるのは、猿マネに過ぎぬ。高温多湿な亜熱帯の夏と低温乾燥の冬を持つ東京あたりに、冷涼乾燥の夏と低温多湿の冬を持つイギリスの植物を持ってきたって、快く元気に育つはずがない。

すると弱った植物を病虫害や毒性ウイルスなどが襲うであろう。それを防ぐためには、強力な農薬などを使わなくてはとても太刀打《たちう》ちできぬ。

こうして、不自然な設計の庭園は、花だけ眺めたらすぐに抜き捨ててまた別の植物に更新するという無慈悲な管理と、膨大な農薬や化学肥料の使用、不自然な剪定《せんてい》などを余儀なくされるに違いない。

それは正しい庭の姿であろうか。

ここにスミザーさんの問題意識があり、その反措定《そてい》としての彼の作庭思想がある。

しかし、こういう行き方を模索して、日本での造園仕事を開始したスミザーさんには、当初まったく仕事の依頼が来なかったそうである。

それはそうであろう。農薬と植え替えで、常に「作り物」の美景を保つのが造園仕事だと思い込んでいる日本の多くの庭オーナーからしたら、日本固有種の植生を多年生に涵養《かんよう》します、などということが容易に受け入れられるはずもなかったからだ。

私自身は、もともと叙上《じょじょう》の意味での不自然な、人工的庭園景観を好まない。それは小賢《こざか》しい人間の、さかしらな小知《しょうち》というものである。どんなにがんばってみても、どんなに多額の予算をつぎ込んだとしても、しょせん自然の巨《おお》きな、そして無限に豊かな多様性を持った営みにかなうはずもないのである。

スミザーさんのような造園家や、あのC・W・ニコルさんなどが、場所や立場こそ違え、日本固有の自然を守ろうと奮闘しているのは決して偶然ではない。それだけ、世界に冠たる豊かな自然生態系を保ってきた国が、日本なのである。

たとえば百メートル四方とかいうように面積を区切って、そのなかに生息している安定な生態系の動植物相を観察し、その種類数をカウントすると、日本とイギリスとでは、二桁くらい違っていると、生物学者の従姉《いとこ》に聞かされたことがある。それくらい日本は豊かな多様性に恵まれた国であったのだ。それが、わざわざ貧しい生態系のイギリスの庭を猿マネすることは理屈に合わぬ。

路傍《ろぼう》の草を見よ、庭の片隅の苔《こけ》を眺めよ、そこにどんなに可憐《かれん》で力強く生き続けてきた自然が存在しているか。そういうものをきちんと認識して、それをもっとも安定な形で涵養していこうというのが、スミザーさんの思想であり、じつはそれが本来の日本の作庭の要諦《ようてい》でもあったのだ。

スミザーさんは、日本人同様に自在に日本語を話し、孜々《しし》として日本の自然に向き合ってくれている。ありがたいことだと、私はテレビを見ながら思った。

しかし、一方でまた、このごろはイルミネーションなんてのが大流行で、例のLEDを夥《おびただ》しく使った「電気見世物」が日本中に七、八百も作られているそうである。じつに情けない。私には、イルミネーションなどというものは、所詮《しょせん》作り物で、エネルギーの浪費としか思えぬ。

私自身は、名も無き山や里を巡遊《じゅんゆう》して、ささやかな里山自然などを眺めるのはとても好きだけれど、人工的に飾られたあざとい電飾を眺めたって、ただ、「あ、電飾がついてるな」と白《しら》けた思いがするばかりだ。

そうして、かかる作り物で金儲けをしようと思っている所では、スミザーさんの仕事などもとより無縁で、それが現実に多くの人たちを幻惑していることが大問題だ。

イルミネーションなんてものに目を奪われていないで、夜は真暗な天然の闇のなかで満天の星を眺め、ほのぼのとした月白《つきしろ》を味わい、風の音や空気の香りに心を遊ばせてほしいものだ。そうして常住《じょうじゅう》、ごく身近な路傍に、また足元に、かそけくも息づいているささやかな動植物の営みに、もっと心を開いてほしいと思うのである。

統一するなかれ

もう大学というところを去って二十年余になる。もともと、若い頃には、母校慶應義塾の教授になりたいと願ったこともあったし、その付属研究所斯道《しどう》文庫で一生を地道な文献研究に捧げようと思ったこともある。だから、大学がどういうところか、学問とはいかなることか、十分に知っているつもりである。

その上で、現在の大学をめぐる状況には、すくなからぬ危惧《きぐ》を覚えるのである。

そもそも、もっとも大学らしい存在といえば、イギリスのケンブリッジ・オクスフォード両大学を挙げるべきこと、大方《たいほう》に異論のないところであろうと思われる。

しかしながら、その両大学にあっては、いろいろなことが、ほかの多くの大学とは大違いで、いわばこの二大学だけが特別の存在として、学界に政界に、また実業界にも君臨しているのである。それは、日本で東大が官界に君臨しているのとは似て非なるところがある。

なぜなら、この二大学だけは、ほかの大学とは全然違う構造を持つ大学で、そこに集う学生の生活も、学者の生き方も、まことに独特だからである。

ちょっと説明しにくいのだが、まず大学といっても単一の学校ではない。それぞれが三十ほどのコレッジ（因《ちなみ》に言う、イギリス英語では、college の発音はコレッジであって、カレッジではない）の集合体である。そうして、入試もコレッジごとに行われるので学部ごとに選抜するのではない。しかも各コレッジは、それぞれが独立の大学であり、自然科学・社会科学・人文科学の、各方面の先生・学生を抱えている。そうして、学部の学生はすべて各コレッジ内の寮に住んでいて、原則として学外に住むことは認められていない。

学生は、入試のときに、まずはAレベル（これは、Advanced level というのの略称である）という統一学科試験を受けて、そのスコアを以《もっ》て各コレッジに受験するのである。このとき、たとえば医学部の志望であれば、五科目が全部Aでないといけない、とかいうように決まっている。

そこまではまあ下調べのようなもので、じっさいの入試はその先の壮絶なる面接によって選抜される。

面接といっても、十分間とかそういうチャチな話ではなくて、一人について二時間ほどにも及ぶ「口頭試問」が入試の本番なのだ。そこでは、各分野の世界的叡知《えいち》といってもいい教授たちが何人も居並ぶなかで、各受験生にそれぞれ別の試問が出る。それがまたチョコザイなる浅知恵ではとうてい手も足もでないような難問で、学生は必死に考え、面接官のヒントをもらいなどしつつ、解答にたどり着くまでの、考え方の「筋」を仔細《しさい》に観察されるらしい。

無事入学すると、こんどはオクスフォードではチュートリアル、ケンブリッジではスーパーヴィジョンと呼ばれる、指導教授との一対一の対話指導が毎週ある。そのたびに山のような課題を出され、勉強が不十分なら、さらにまたハードな課題が与えられる。

しかも学年末の試験ともなると、一科目あたり三時間ほどもかけて解答する論述問題で、それをまた教師たちは減点法で厳しく採点し、落第点を取ると、留年という処置はなく、いきなりまっさかさまに放校除籍となる。

こんなシステムで、もともと聡明な、筋の良い学生を厳しく勉強させるので、そこでは世界をリードする研究者が陸続と育ってくるのである。

ノーベル賞の受賞者を比べてみても、オクスフォードは五十人ほど、ケンブリッジは九十人に及ぶというから、たいへんなものである。たった二校で、ノーベル賞を百四十人も出しているというのは、日本では想像もつかない世界であるが、ただし、もっとも大切なことは、この両大学とも純然たる私立大学であって、日本の官立大学のような成り立ちではないということである。

したがって、学校としての独立性はまことに高く、長い伝統のなかで培われてきた学風や、さまざまのしきたりや、物事の呼称など、どこの大学とも同じでない。

大学教育は、本来こうあるべきもので、なんでもかんでも文部行政の管理指揮下に、同じようなやり方に統一する必要などは毛頭ないと、私は信じる。

それゆえ、(私もかつて大学人であった時分に、経験があるが)「自己点検評価」などという「作文」を書かせてみたりするのも、しょせんは官僚的形式主義というもので、それで教育の質が向上するとは到底思えないのである。また、カリキュラムや教員資格などを形式的な統一基準で縛ったりするのは、畢竟《ひっきょう》、どこを切っても同じ顔が出てくる金太郎飴のように大学の個性を殺してしまうことになりかねない。

もっとも、建学の理想も教育者としての自覚・責任もろくにないような、いい加減な大学も跡を絶たず、教育者・研究者としてあるまじき行為をして恥じないような教員もしばしばジャーナリズムを賑わせること、これまた呆《あき》れるばかりである。それゆえに、お上《かみ》が法律や行政通達などでこれを監視し、縛りつけておかないといけなくなるという現状もまた、じつに嘆かわしい。

本来大学は、行政や政治などから超然としてあるべき神聖な機関でなくてはならぬ。そうして、ほんとうに世界の一流大学に伍《ご》していこうとするならば、誰の掣肘《せいちゅう》も受けず、襟《えり》を正して、天に恥じない研究と教育を、大学人挙《こぞ》って厳しく自らに課すべきではあるまいか。

責任感の欠如

心から呆《あき》れ果てた事件がある。

小松空港から東京へ向かう日航機の機長と副機長が、その前夜、金沢市内で泥酔して悶着《もんちゃく》となり、副機長が機長を殴り、やがて駆けつけた警官にまで乱暴を働いて公務執行妨害で逮捕勾留《こうりゅう》されるに至った、という一件である。テレビでも報道されたから、御記憶の方も多かろう。

この結果、翌朝の日航便は運行が不可能になって欠航となり、迷惑はその乗客にまで及んだ。

聞くならく、日航の規定では、乗務の前十二時間は飲酒を禁じてあるということだが、欠航となった便は朝の七時三十五分発であるにも拘わらず、件《くだん》の副機長が逮捕されたのは夜中の十時十五分ころだというから、おそらくこの機長と副機長が、上記の規則に違反して深酒していたことは、まあどう考えても明白であろう。

さらに呆れたのは、この副機長はもとより、悶着の相手となった機長も、泥酔のあまり何をしたか記憶がないと話していると報道されたことである。

私自身はまったくの下戸《げこ》で、深酒をして前後不覚になるなどという経験がないので、果たしてどういう心理でさような体《てい》たらくになるのか、想像のほかであるが、ことは単に酒の上の不埒《ふらち》、ではすまぬ。

翌朝の飛行機に乗る予定になっていた人たちのなかには、その便に乗らなければ間に合わない重要な用件を抱えた人だっていたかもしれないし、極端なことを言えば、こういうふざけた理由で欠航されたために、「親の死に目に会えなかった」などという苦渋を嘗《な》める人だってあり得たのである。自然災害や、突然の機材の故障というようなことであれば、それは諦めようもあろうが、欠航の事由がかかる愚行であったというのは、心底許しがたい。けだし、これは単に一フライトの問題に留まらぬ。ひいては、こういう綱紀《こうき》の緩んだ会社であるのかと疑われても抗弁できぬことであろう。

私どもは日本航空には、なによりもまず安全運行を優先して、できるだけの努力をしてもらいたいと思っている。それは誰だって同じ思いであろう。

しかるに、機長と副機長ともあろう者が、このような馬鹿げた事件を起こしているようでは、他の真面目に勤務している操縦士たちにまで、こんなことがありはせぬかと、あらぬ疑いをかけられかねまい。会社として、この不信感こそ大問題ではないか。

いつだったか、アメリカのごくローカルな飛行機に乗ったことがあって、そのとき乗るはずの便は何時間も遅延して出発しただけでなく、機長が乗り込むときにすれ違ったら、ひどく酒臭かったので青くなったという経験がある。以来私は、二度とその航空会社の飛行機には乗らぬと決めた。

いかに酒豪であろうとも、前夜の十時近くまで、前後不覚になるほど泥酔をしていて、翌朝七時頃にすっきりとアルコールが抜けているなどとは、到底考えがたい。

自動車の運転にしたところが、前夜深酒をして、翌朝取り締まりにあい、酒気帯びで捕まった人はいくらもいよう。それももちろん不届きだけれど、本人は、前夜飲んだに過ぎず、一夜寝て、もうアルコールは抜けていると思っていたかもしれぬ。しかし、そんな言い訳は許されることではあるまい。

本人がどう考えるかではなく、科学的に、どれだけ酒が残っているかが、すべてを決定する要件である。

自動車の酒気帯び運転だって、しばしば事故を起こして人をあやめたりするのだから、決して許しがたいけれど、まして飛行機の機長ともなれば、何十人何百人というたくさんの乗客乗員の命を預かる、それこそ非常に重い仕事である。だからこそ、機長になるには、相応の厳しい訓練と試験を経なければならないのであろう。

それだのに、前夜遅くまでべろんべろんに酔っていては翌朝の勤務に差し支える、ということのごく簡単な事実さえ分からぬとは、論外のうえにも論外である。

日航という会社も、どうかこの事件をひとつの教訓として、もっと綱紀を粛正すべく、職員の教育を徹底し、乗務の十二時間前は禁酒などという中途半端な規則はぜひ再考して、乗務前日は飲酒厳禁、としてもらいたい。

思うに、それだけでは不十分だ。最近はバスの運転手なども、乗務の前には必ず呼気のアルコール検査をして、もしそれで酒気が残っているようだったら乗務させないという会社が増えている。いや、ぜひそうあってしかるべきである。

もし件の日航機機長と副機長が、仮に喧嘩などせずにおとなしく寝たとして、はたして翌日の乗務に先立って、日航は呼気検査を実施しているのであろうか。そのあたりの詳しい事実は承知していないが、本来から言うならば、安全運行という至上命題のためには、どんな場合もアルコールの検査だけは乗務ごとに一切の例外なく、厳密厳格に実施しなくてはなるまい。

日本は、昔から酒飲みに甘い社会で、「まあ、酒の上のことだから勘弁してやれ」というような考えが今も抜けないが、もうそういう時代ではない。ましてや、安全をこととする航空会社には、そんな考えは毛の先ほどもあってはなるまいと、強く言っておきたいのである。

不能率の意義

ここにひとつ心配でならないことがある。一流大学や研究所で、データ改ざんなどの不正が頻々《ひんぴん》と起こっていることである。あのノーベル賞の山中伸弥《しんや》先生のお膝元でさえ、例外ではなかったことなど、むしろ私は悲しく思う。その原因の一つは、文部科学行政の不毛にあると私は睨《にら》んでいる。

世界の先端的研究をリードしてきた大学の一つが、イギリスのケンブリッジ大学であることは、この大学だけでも九十人ほどのノーベル賞学者を輩出している事実が証明しているであろう。そのケンブリッジ大学で研究生活を送った経験から思うに、およそ偉大なる研究というものは、不条理なほどの時間と労力を集積して初めて成就《じょうじゅ》するものだ。

イギリスの底力は、まさにそういう不条理を呑《の》み込んで、じりじりと進んでいく基礎研究などに現れている。

私がケンブリッジ大学に滞在していた時分にも、一つの研究を何十年という単位で進めていて、いつ見ても同じところに座り、同じ格好をして、ひたすら研究に没頭している学者たちの風貌《ふうぼう》を多く目《ま》の当たりにした。

彼らは結婚もせず、大学のなかに住んでいて、いわゆる変人畸人《きじん》に類する人も多くいるのだが、それゆえに、どれだけ多くの弟子を育てたかとか、一年に何本の論文を書いたかとかいうことは重要視されないこともある。もちろん真摯《しんし》に教育に当たっている学者もあるけれど、もともと誰も研究する人がいないような極北的分野ともなると、弟子などいるわけもなく、それでもじっと象牙《ぞうげ》の塔に籠《こ》もって、ひたすらに深く困難な研究に没頭する、そういう「学問の姿」をも認め、呑み込んでいくところに、ケンブリッジやオクスフォードなどの超一流大学の使命と力量があると考えられている。

これは、ひたすらに論文数などの「結果」で競争させ、それで大学の点数を上げようとするアメリカ式とはまったく正反対の考え方にほかならない。

さて、明治維新後に国家的戦略として設立された帝国大学群は、そうしたイギリス式のアカデミズムを学んだところがあって、時に、異常な勉強家で研究以外にはなんの能力もないような学究を生み出した。

そういう伝統が、いわばアジアでは突出したノーベル賞の受賞者を作ったとも言えるのだが、もし、かの湯川秀樹博士をして、こまごまとした学生の成績管理に汲々《きゅうきゅう》たらしめ、毎年何本というような論文のノルマを課しなどしたら、どうだったであろうか。そういう世俗とは無縁のところで、ひたすらに考察を深め、どこまでも真実に肉迫しようとする息の長い研究を容認したからこそ、世界を驚かせるような成果が生まれたのではなかったか。

しかるに、今は、まことに浅薄《せんぱく》なる文部科学行政の圧力によって、大学の先生たちは日々雑用に追いまくられ、大学の自己点検評価だの、次年度のシラバスだの、アメリカ風の効率主義に振り回されている。私もかつて国立大学の教官であったから、その内実はよく知っている。

研究というものは、もとより「いついつまでに、かくかくしかじかの成果を出します」などと、予《あらかじ》め定められるようなものではないのが本来だ。何故《なぜ》といって、この大自然のなかの（人間の活動もその一部だが）すべての現象は、そう簡単には割り切れないような複雑な様相を呈《てい》し、相互に矛盾するような現象も普遍的に存在する。一人や二人の人間が、ちょいちょいと二、三年考えて結論を得られる、というような単純なものではないのである。

いや、だからこそ、毎年論文を何本書けとか、その本数によって大学や研究者の評価をするとか、そんなことばかりに腐心《ふしん》すれば、二流の研究者を縛《しば》ることはできるかもしれぬが、一流・超一流の研究者に対しては不要な足かせを嵌《は》める結果になる。

もともと研究というものは、儲からないのが自然な姿である。その研究成果が、結果として特許などの形に結実し、そこから莫大な利潤を得るということも、自然科学などではあるかもしれぬが、それとて、一将功成《いっしょうこうな》って万骨枯《ばんこつか》るという世界にほかならぬ。

一体世界を動かすような大発見・発明などは、たぶんに偶然に支配されることがあるのは、歴史が証明している。いったい何回試料を替え、配合を変えたら、望む結果が得られるのか、それは神ならぬ身の誰にも分からない。しかし、そこを諦めず、成果のないところを凌《しの》ぎ凌ぎして、ひたすらに研究を継続するうちに、学問の女神はふと微笑《ほほえ》みかけることがある、そんなものである。

人文科学でも同じことで、ごく狭く分野を限って一年で纏《まと》まるような論文をたくさん書く人と、十年二十年かからなければ結論を得られないような大研究をする人と比べて、どちらが偉いとも言いかねる。論文数などは、しょせんそういうものだ。

だから、アメリカ式に、なんでも効率と結果を要求する、そうして二年程の短期間で結果が出なければ馘《くび》というような体制では、大きな研究が成就するはずもなく、また結果を焦って不正に手を染める者が出て来るのも悲しいかな、現実である。困難な大研究ともなれば、研究費が無駄になることも避けられぬ。しかし、それらをすべて併呑《へいどん》して、じっと大きな成果を待つ、そういう度量をこそ、私は行政や大学に期待するのである。

幸福なる愛国歌

愛国主義というのは、英語では、patriotism《ペイトリオティズム》というのだが、どうも日本語でいう愛国主義とはちょっと違うところがあるような気がする。

たとえばこういうことである。

毎年、ロンドンのロイヤル・アルバート・ホール(以下RAHと略記)という巨大なコンサートホールを会場として、夏のあいだ毎晩毎晩世界一流の音楽家たちによるコンサートが繰り広げられる。これをロンドンっ子たちは、「PROMS《プロムス》」と呼んで、人生の大きな楽しみのように言い交わすのである。二〇一九年は七月十九日を第一夜、九月十四日を最終日として、連日公演が開催されたのだから、これは大変な大音楽イベントである。

これには十八世紀以来の長い伝統と変遷がある由《よし》であるが、今日《こんにち》普通には、「PROMS」は、このロンドンのBBC主催のRAH(ならびに、それに付随する各地の副会場の)のコンサートを指すのである。正式には、The Promenade《プロムナード》 Concertといい、もともとは野外の公園のようなところで散策しながら音楽を楽しんだというのが発祥であるらしいが、そういう伝統は、今もこの巨大なＲＡＨにも血脈《けちみゃく》を保っている。

というのは、PROMSの時には、一階中央の一番良い席のエリアはプロムナード席といい、一切椅子が設置されず、平床《ひらゆか》に人工芝が敷き詰めてあって、あまつさえ中央には噴水まで設けてあったりもする。つまりここは一種の公園なので、そこを自由に散策しながら聴いてくださいというココロなのだ。で、見ていると、このプロムナード席では、聴衆は自由な服装で、座ったり寝そべったりしながら、ほんとうにくつろいで音楽を楽しんでいる。

そしてこの催し最大の呼び物は、その最終日、The Last Night of PROMSである。この夜はよく知られたレパートリーを中心に毎年さまざまの曲目が演奏されるのだが、なによりも聴衆が楽しみにしているのは、そのあとのフィナーレともいうべき部分で、ここで演奏される曲目は毎年ほぼ決まっている。

まずは、エドワード・エルガーの『威風堂々《いふうどうどう》』第一番、これは日本でも知らぬ人とてもない名曲だが、この日に演奏されるときは、中間部の荘重なる旋律に、「Land of Hope and Glory（希望と栄光の国）」と題されたアーサー・Ｃ・ベンソンの歌詞が付けられて、満堂の聴衆、それからオーケストラの背後に居並ぶ合唱団が、全力でこれを謳《うた》い上げるということに決まっている。この詩は、後から追加されたものだが、まことに愛国的で、

希望と栄光の国土

自由の母
如何《いか》にしてそなたを讃《たた》えようぞ
誰がそなたを産み給《たま》いしや
広くより広く、その国土は至り
神は、そなたを強大に、なお強大ならしめん

とまあこんな調子の文言《もんごん》が連ねられる。

しかし、ここにおいて、全員が起立し、顔を紅潮させて全力歌唱し、会場狭しとユニオンジャックや各王国の旗が打ち振られる。

それればかりでない、たとえばまた、十八世紀にプロムナード・コンサートの元祖のような演奏会を創始した張本人の作曲家、トマス・A・アーンの作曲した『Rule Britannia《ルール・ブリタニア》』という曲も、必須曲目であって、これは、誰か著名ソリストがソロ部分を歌って、やがてサビのところに来ると、これまた全員が声張り上げて謳い上げる。ブリタニアというのは、ブリテン島のことでもあり、またその象徴の女神でもあるが、そのサビの詩たるや、

ブリタニアよ、世界を支配せよ
波濤《はとう》を凌《しの》いで征《ゆ》け
ブリトン人は断じて断じて断じて

奴隷にはならぬ

という、これまた痛烈に愛国的な歌である。

その他には、ウイリアム・ブレイクの詩に、ヒューバート・パリーの作曲した『Jerusalem《ジェルーサレム》』なども演奏されるのであるが、いずれも愛国歌ばかりだ。

こういう歌は、パブリックスクール、ハーロウ校の生徒達のための愛唱歌集『Harrow School Songs』などにも収められていて、子供の頃から皆教わるのである。

このPROMSの最終夜の放送をBBCで見ていると、ほんとうに彼らイギリス人が、この夜ばかりは「ああ、自分はイギリス人で良かった！」と感激し、純真なる幸福感を何万という聴衆が共有していることがわかる。その愛国の魂は、少しも軍国的ではなくて、ただ純真にイギリス人であることが嬉しいという幸福感の表明なのだ。愛国という言葉が持つ、どこか軍靴《ぐんか》の響き的な、ファッショ的な気分は、そこには皆無である。

翻《ひるがえ》って、我が国には、こういう意味での、単純に幸福感と結びついた明るく幸せな愛国の歌や音楽が見当たらない、そこがほんとうに残念である。そこで、今度の二〇二〇年オリンピックを良い機会に、子供も大人も男も女も右も左も、肩を組み涙を流して歌い、大きな高揚とカタルシスを共有して、ああ日本に生まれて良かったなあと思える、そんな純真にして幸福なる愛国の歌や音楽を作ったらどうかと、つくづく思うのである。

免疫という国力

人間、いつ思いがけない災厄《さいやく》に見舞われるか、およそ予見することは難しい。

じつは、私は一昨年の三月に帯状疱疹《たいじょうほうしん》を発症して、ずいぶんと痛い目にあった。

この病気は、子どもの頃にかかった水疱瘡《みずぼうそう》（水痘《すいとう》）のウイルスが体内の神経に潜伏していて、これが過労とかストレスとか、そのほか体力の低下にともなって、免疫を凌駕《りょうが》して暴れだすというメカニズムである。

だから、水疱瘡をやった人は、原則として誰でも発症する可能性があり、その患者数がこのところじわじわと増えているらしい。

私は、今回が三度目の発症で、一生に三度も発症するのは珍しい例であるが、まったく迷惑なことに、二十代、四十代、六十代と、ほぼ二十年に一度ずつ発症したというわけである。これは、どういうわけか私の免疫機能がいささか弱くて、水痘ウイルスに負けてしまう結果、こういう仕儀《しぎ》になるのである。ふつうは、これを一回やると、体内の抗体値がグーンと上昇するから、多くは二度は罹《かか》らないのだそうだが、たまさか私の場合はその抗体値があまり上がらないという、免疫がさぼっている状態ゆえ、こういうことになったらしい。

しかるに、この罹患者《りかんしゃ》がだんだん増えてきたというのは、一つには、少子化で、子育ての過程で子どもの水痘に接する機会が減り、それだけウイルスへの暴露《ばくろ》が少なくなったので、免疫の賦活《ふかつ》が行われないということが原因としてあるということである。しかも、この頃は水痘ワクチンであらかじめ免疫を付けてしまって、水疱瘡に罹らない子どもも増えたので、いっそうこの状況が著《いちじる》しいことになったということもある。

そうして、もう一つには高齢化で、高齢者が増えたために、相対的《そうたいてき》に免疫機能が低下した人が増加し、それでまた水痘ウイルスめが悪《わる》さをする機会が増えたというメカニズムも働いていると聞く。

ともあれ、帯状疱疹というのは、罹った人はご存じのとおり、ともかく皮膚の疱疹《ほうしん》と神経の疼痛《とうつう》という二つのことで苦しめられる。その痛みは、ちょっと独特で、私の場合は、三月の初頭に発症して、もちろん抗ウイルス剤もいち早く服用に及んだけれども、その神経痛は抑え込むことができなかった。そうして、まるで電気拷問《ごうもん》でも受けているようなビリビリした痛みに、おおかた四十日間ほど苦しめられたのである。こうなると仕事の能率も質も著しく低下することが避けられぬ。もっとも、四十日はまだ良いほうで、ひどい場合は一年以上もこの痛みが持続することもあるらしい。まことに不愉快な病気だと言わねばならぬ。

これがやっと終わったと思って、ホッと一息ついていたところ、こんどは沖縄で麻疹《はしか》が発生した。どうやら外国人観光客によってウイルスが持ち込まれたらしいが、いや、じつに迷惑な話である。

とはいっても、外国人観光客を盛大に誘致して観光立国を標榜《ひょうぼう》している現状では、今後とも、外国から疫病が持ち込まれる事態は、往々《おうおう》にして発生するであろう。

麻疹はインフルエンザよりもはるかに感染力が強く、空気感染するというのだから始末が悪い。そのため、沖縄に発生した麻疹は、またたく間に患者数を増やし、あまつさえ名古屋にまで飛び込んできた。

もともと、子供時代にワクチン接種を行ったことが奏功《そうこう》して、このところ日本では麻疹はいちおう抑《おさ》え込まれたということになっていたのだが、こうなるとおちおちしてはいられぬ。

私は帯状疱疹だって三度なるくらいだから、子供時代に麻疹に罹患したことがあろうとも、いざそのウイルスがやってきたらひとたまりもあるまい、とそう思って、さっそく主治医のところへ駆けつけて抗体値《こうたいち》を調べてもらったところ、案の定、抗体値はもうほとんどないに等しいところまで下がっているという。

さてそこで、さっそくワクチンを接種してもらおうと思ったのだが、これが品薄《しなうす》で容易なことでは手に入らないと主治医は言うのであった。

こういうことは、今後、たとえば天然痘《てんねんとう》だとか、マラリアだとか、昔は日本にも普通にあった疫病《えきびょう》が、現在は駆逐《くちく》されている状態だとしても、今後は気候の温暖化と観光客の増加などによって、また再び流行せぬとも限らない。そこへさらに、新型の強毒インフルエンザなどが出現してきたら、さあ、どうなることであろう。

おかげさまで、麻疹・風疹《ふうしん》ワクチンは辛《かろ》うじて手に入り、無事接種を済ませたけれど、こんなことが起こってくるにつけて、果たしてこのままの態勢で、日本は安泰《あんたい》であろうかと危惧《きぐ》せざるを得ないのである。

なにごとも転ばぬ先の杖《つえ》ということもある。もし万一、国民が疫病に罹ってバタバタと斃《たお》れるというようなことが起きれば、それは国家存立の危機である。されば、ミサイルや核兵器に対して身構えることも大切かとは思うけれど、それよりも、目前の危機としての、こうした疫病に対して、おさおさ油断なくそのワクチンの生産態勢を整えて備蓄《びちく》し、国民の安全を守るということのほうが、さらに焦眉《しょうび》の急《きゅう》であるかもしれぬ。

考えどころである。

後《のち》に言う。最近の新型コロナウイルス蔓延は、まさにこの意味での危機の顕在化であった。よくよく考えなくてはならぬ。

すべては変わった

ともかくこの頃は、夏が異常に暑い。暑すぎる。東日本、西日本を問わず、連日三十五度以上の猛暑日と二十五度以下に下らない熱帯夜が続くなんてことが、ほとんど毎年のように繰り返される。

三十七度とか三十八度などという気温になれば、これは体温平熱以上の高温で、つまり発熱した状態のなかに置かれていることを意味する。

このように夏が異常に暑すぎるなんてのは、思い出す限り、まったく経験にないことである。いま私どもは、従来経験したことのない気候に突入しているのである。

私は昭和二十四年生まれの団塊世代だが、かつて小学生であった時分には、夏といっても三十度を超える日はそんなに多くあったわけでもなく、「ああ、きょうは暑いね、三十度を超えた」と言い交わしたものだった。むろん冷房などどこにも無かったもので、デパートでさえ全館冷房はなく、売り場の要所要所に「花氷《はなごおり》」というものが置かれていたものだ。これは大きな氷柱《ひょうちゅう》のなかに花が入っているもので、まあきれいではあったけれど、冷房という意味では気休め程度のものに過ぎなかった。

それでも、誰も熱中症（だいいち熱中症という言葉すら無かった）になどならなかったし、せいぜい扇子《せんす》でバタバタ扇《あお》ぐとか、そんなことでなんとか暑気を凌《しの》いでいたのである。

夏休みは七月二十五日ころからだったような気がするが、小学生時分は別に期末テストなどがあるわけでもなく、ただなんとなく暑いなあと思いながら学校に行って、しかも学期末は短縮授業で午前中には終わって下校したような記憶がある。むろん、冷房などは、校長室にも教員室にも教室にも、まったくありはしなかった。

そのころの夏は、東京で熱帯夜になることはほとんどなく、しばしば夕立がざっと降って、急に気温が下がり、夜分には「腹を冷やすな」などといって、腹巻きをして寝させられたくらいである。

そうして、八月上旬の旧暦七夕からお盆のころともなれば、たしかに夕風《ゆうかぜ》が涼しくなって、どこか物寂しい雰囲気が漂ってきたものだ。東京でも、郊外なら、まだ天の川が見えた時代である。

こういう古き良き夏は、もはや歴史の彼方《かなた》に消え去り、日本全体が熱帯化した現代では、すべてのことが変わってしまったのだと思わざるを得ない。これはやはり全地球的な温暖化の一病症であろうと考えるが、そのことを認めずパリ議定書から脱退する変人奇人のアメリカ大統領などが現れては、事態はますます深刻化する一方である。

こうして、なにもかもが変わってしまった夏の様態に対して、学校のありようは対応しているのだろうか。

たしかに、学校によっては教室に冷房を入れたということもあるだろう。

しかし問題は、そういうことではない。

いかに教室を冷やしたとしても、登下校の間は児童たちは酷熱に曝《さら》されざるを得ない。昔のように、朝はまだ涼しく、二十三度くらいの涼気《りょうき》のなかを通って来たのとは違い、今は真夜中でも三十度を下回らず、早朝でも三十二度なんて日も珍しくなくなったのである。

ましてや下校時の二時・三時ともなれば、熱暑は最高に達して、三十七度・三十八度などというとんでもない温度の日なたを歩いて子供らは下校するのである。

そういうなかで、学校によっては、登下校時には水筒の水を飲んではいけないとか、水筒にはお茶か水しか入れてはいけないなどという、ほとんどなんの根拠もない旧弊《きゅうへい》な規則を墨守《ぼくしゅ》しているところがあると聞いて、私は、学校の教師、とくに校長・教頭などという立場にある人たちの良識をはなはだ疑うのである。

もうそんな時代ではない。魔法瓶の水筒に冷たく冷やした熱中症予防飲料などを入れて持たせ、随時これを飲んで熱中症にならないように指導するのが本当ではないか。教師たちよ、目を覚ませ。規則などは状況によって臨機応変に変えるべきが当然のなかの当然であろうに。

さらに歩《ほ》を進めて考えるなら、たとえば、予報が最高気温三十五度を超えるとされたときは、熱暑のため休校にするというようなことだって、充分考慮されなくてはなるまい。三十八度などというとんでもない気温のなか行き通って、あまつさえ冷房のない体育館やら、炎天下の校庭でなにかをやらせるなんてことは、酷薄《こくはく》にして無責任なる態度だと言わねばなるまい。

先頃も、この酷熱のなか校外学習に連れて行った小学一年生の児童が、熱中症で急死するという事件があった。これほどのことが起きるという時代に、私どもが牧歌《ぼっか》的《てき》な夏休みを過ごした昭和時代となんの変わりもない学校規則などあってよいものであろうか。

現代の子供たちは、自宅では常に冷房のなかに暮らしているから、そもそも炎熱への耐性が具《そな》わっていない。といって、自宅で冷房するなとは所詮《しょせん》無理な注文である。となれば、学校は酷熱の日は臨時休校というようなことが、本気で考慮されなくてはならぬ。

もはや、そういう時代になってしまったのである。

離着陸時の憂鬱《ゆううつ》

日本人は基本的に性善説的である。

たとえば、罰則の無い法規制なんてのがいろいろある。一例を挙げると、私の住む小金井市では、駅周辺の路上喫煙を市条例で禁止しているのであるが、その実情は、ただそういう表示を出して、路面にも「ここは路上喫煙が禁止されています」というようなことが書かれているに過ぎず、千代田区などと違って、これに対する罰則は無い。となると、もちろんそんなお題目などまったく無視して大威張りでタバコを吸いながら歩く人はいくらでもいて、しかし、それを止めさせる方便とてもなく、仮に注意などしたら、逆ギレして殴られるかもしれぬ。人は条例作成者が考えるほどには性善的ではないのである。

そこで思い出すのは、講演や音楽会の時に、必ず開演前に携帯やスマホの電源を切るようにというアナウンスが重ね重ね放送されるにもかかわらず、演奏や講演の途中で客席から携帯の呼び出し音が聞こえてくることが珍しくないという事実である。つまり、人はただお願いしただけでは、全員がその通りにしてくれるとは限らないという証左がここにある。だから、性善説ではなくて、性悪説に立って人を疑ってかかることも、場合によっては必要だということである。

ところで、飛行機に乗ると、その離着陸の前には、必ずパーサーが次のようにアナウンスするであろう。

「当機は間もなく離陸いたします。電波を発する電子機器等はお使いになれません。電源をお切りになるか、または機内モードに設定してくださいますように、お願い申し上げます」

なるほど、飛行機の離着陸はとかくデリケートなので、スマホや携帯の出す微弱な電波が操縦に悪影響を及ぼすのだという。よろしい、私はそのお願いに従って必ず自分のスマホを出して電源がオフになっていることを確認するのだが、さあ、そこからが問題だ。

今では、機内で本を読んだりしている人はほとんどなくて、まあ大半はスマホを睨《にら》んで「なにか」をしている。

そうして、見ていると、彼らのほとんどは、叙上《じょじょう》のアナウンスがあっても、馬耳東風の趣で、いっこう平気にそのままスマホを操作していて、電源を切る様子もない。さてはその、言うところの機内モードというものにすべての人が設定しているのであろうか…うーむ、ここがまず疑わしいところである。

そこで私は劇場や講演会場で、しばしば鳴り響く携帯呼び出し音を想起する。

先日も国内線の飛行機に乗っていて、型通りのアナウンスがあった後でも、私の隣席のサラリーマン風の若い男は、まったく表情ひとつ変えずに、変わりなくスマホをいじくり続けている。ほんとにこの男は、機内モードに設定したのだろうか、とそんなことが気になり始めると、神経質な私はだんだんと落ち着かなくなってくる。やがて飛行機は、タクシーウエイを粛々と走っていって、ついに離陸のための滑走路の端に停まった。いよいよこれから離陸にかかる…というのに、男はまったく平気でスマホをいじっている。なにをしているのかは分からない。果たしてこの男は電波を出さないように設定をしたのだろうか、そんな操作をしている様子もなかったがと、だんだん不愉快になってきた。

ざっと見渡してみると、私の座っていたあたりでは、ほぼ八割くらいの人が、こぞってスマホを見ている。これらの人たちはみな孔子先生の如き遵法精神の持ち主なのであろうか。そこがまず疑わしいぞ。

客室乗務員たちは、さきほどのアナウンス以後、もうまったく機内のスマホの群にはなんの興味も示さず、平然としているが、ただ一人、私はこの周囲の男たちがいじくっているスマホが、ほんとうに電波を出してないのかどうか、気になってしかたない。よほど一言注意してやろうかとも思うけれど、「なんだ、このオヤジは」と白い目で見られるのが関の山だろうと思うと、ぐっと我慢する。我慢するとますます腹が立ってくる。

こうして私は離陸の間中も、悶々として自分の不愉快と人知れず戦っていたのであった。そもそも、こういう煩悶《はんもん》を乗客に感じさせるということがダメである。

なにも離着陸のわずかな時間、スマホの電源を切ったとしても、なんの不都合もあるまいから、ここはその機内モードなんてぬるいことを言っていないで、すべての人に電源を切らせるのがスジではあるまいか。

いや、ほんとうはスマホの電波くらい大したことはないから、形式的にアナウンスをしているに過ぎないのだとしたら、それはそれでけしからぬ。そんなアナウンスをするから、こちらは不愉快と戦わなくてはならなくなるわけだから。しかし、ほんとうにそれが飛行に危険を及ぼすのであれば、性善説的に、一言の注意でみな例外なく機内モードに変更したと見做《みな》すことなく、もしかしたら電波を出している人もあるかもしれないと疑ってかかることが望ましかろう。いっそすべてのスマホの電源を切ってくださいと、はっきり言って、そのあと乗務員が見回って、もしスマホをいじっている人がいたら、さらに注意して電源を切らせる、くらいのことをしなくては、ほんとうの意味での安全は図れまい。

ああ、世の中にスマホなどというものが無かったら、どんなに心安らかであろうかなあ！

3

わが道を行く

鞄《かばん》の中身

鞄について、私は並々ならぬ執着を持っている。いや、昔から「理想の鞄」を求めて、いつも夢想していると言ってもよいかもしれない。

それで、とうとう二十年近く前に、ロンドンのアスプレイという店に誂《あつら》えて、自分の理想どおりの鞄を作らせた。それは中古の自動車が一台買えるくらいの値段だったけれど、まさに願ったとおりの素晴らしい鞄ができた。この鞄を註文するときに、私は「息子に、そして息子から孫に譲る堅牢《けんろう》な鞄を作ってほしい」と依頼したのだった。そしてそれは、ほんとうに素晴らしく堅牢な、輝くような鞄であったけれど、いかんせん重すぎた。イギリス人の筋力と、わが脆弱《ぜいじゃく》な筋力の違いを考慮しなかったのが、この鞄の最大の失敗であった。そこで、十年余り使ってから、ちょうど息子が医者として独立するということになったので、その鞄を贈ろうと思ったら、重いから要《い》らないと断られてしまった。

そこでこんどは、筋力満々たるアメリカ人の娘婿に譲ろうかと提案すると、彼は牧師なので、その堂々たる風格の鞄を喜んでもらってくれた。そして娘たちには三人の男の子がいるので、きっとわが愛用の鞄は、その孫のうちの誰かが受け継いでくれるであろう。

閑話休題。ところで、肝心なのは鞄の中身だが、私は昔からどうも鞄の中に沢山のものを入れて歩く癖《へき》がある。

たとえば、ホテルなどのクロークに鞄を預けるとき、貴重品は入れないでくれと言われる。しかし、その場で貴重品だけ取り出すというわけにもいかない。そういうことを考慮して、鞄のなかに、もう一つ小さな鞄を収納し、そこに持ち出し用の貴重品を入れて置くと、そういうときに困らない、というわけで、鞄のなかにまた鞄……と次第に鞄のなかが窮屈になるのだが、さるところ、あの大震災以来、私はまたいろいろと考えた。

そして、それまで使っていた小型のブリーフケースを廃して、子供たちが塾などに通うときに使う、アディダスの「通学鞄」というものを買った。A4の書類がそのまますっぽりと収納できる充分な大きさを持ち、しかし、非常に軽い合成繊維の鞄である。

で、その震災と鞄とどういう関係があるのかというと、あの東日本大震災のときに運悪く都心にいた人たちは、いわゆる帰宅困難者となってずいぶん苦労したことは、周知のところである。そこに学んだのである。

「常に最悪の状況を想定して備えておく」というのが、私のモットーなので、この現実に直面して私はさんざんに考えた。果たして、どういう鞄が現今の危機的情況に即した、ベストであろうかと。

その結論は、
1、充分大きい、しかし軽量。
2、手にも持てるが、リュックとしても背負える。
3、堅牢、防水。
4、しかもリーズナブルな価格
とまあ、そういうことで、それからさまざまな鞄店を博捜《はくそう》し、ネットを検索に検索し、あらゆる手を尽くしたあとで、上記のアディダス通学鞄に決定したのであった。手提げにもなり、ショルダーバッグにもなり、リュックにもなる、これを3ウェイバッグというのだが、その際、肝心なことは、鞄を縦にして背負うのでなく、横にそのままの形で背負うということである。そうしないと、背負ったときに中身がごちゃごちゃになってしまうし、手提げにしたときに、リュックの肩ベルトが形悪く垂れ下がるのでよろしくないと考える。

というわけで、まるで塾通いの小学生のような姿でもっぱら歩くのであるが、すると、

「いったい何故《なぜ》そのような大きな鞄を背負ってるのですか」

と、訝《いぶか》しがられる。そこで私は、胸を張ってこう答えるのだ。

「治に居て乱を忘れず！」と。

こういう鞄にしたのは、ひとえに、大震災に遭遇したりした場合、家まで歩いて帰るという前提で常に備えておく必要があると、眼目はそこなのだ。

そこで、わが大通学鞄の中には、手帳や電子辞書や貴重品用小鞄の他に、つぎのようなものが常時入っている。

まず、水。５００㎖入りのペットボトル一本とマスク。これは必須の装備である。また、非常用ホイッスル。

それから、着替えの最小限の下着。

さらに、常備薬。すなわち、胃薬、整腸剤、風邪薬、鎮痛剤、消毒薬、目薬などは当然として、筋肉のこむら返りの予防治療の漢方薬、睡眠薬、キズ用の軟膏、救急絆創膏、などなど、大抵の薬を入れた薬バッグが一つ。

老眼鏡、中距離用・読書用の二種類。

リステリン、手ピカジェル、アルコール除菌ティッシュ、石鹼など口や手指の除菌衛生用品。

記録用の小型デジカメと予備電池。

携帯電話（いちおうスマホだが、常に電源はオフにしてあって、緊急の電話連絡発信以外はまったく使わない）。

最後に、禁煙のマークの形の団扇《うちわ》（禁煙団扇）一本。これは近くでタバコなどを吸われると健康上剣呑《けんのん》であり大迷惑なので、即座に取り出して煽《あお》ぎ立てる道具である。

　というわけで、私はまるで軍用背嚢《はいのう》の如《ごと》く完全装備の鞄を背に負って、いつもせっせと歩くのだ。適切な荷重をかけながら超速歩で歩く、これは足の筋肉を鍛える運動だから、そこまで計算してのことである。呵呵《かか》。

（追記）後に『サライ』という雑誌が私の理想とする帆布製の3ウェイバッグを制作発売してくれたので、現在はこのサライ特製のバッグを背負って歩いているのである。

「ほどのよさ」という美学

名料理人の辻嘉一さんが、かつてこういうことを言っていたことがある。

それは吸い物の味ということに関してなのだが、吸い物の塩気というものは、ほんのちょっと「足りないかな」というところに止めるのが宜《よろ》しいというのである。これでちょうど良い、というところまで塩味を付けたら、それはじつは付け過ぎなので、やがて口が飽きてしまうから、このほんの少し薄いかなというあたりに、「ほどのよさ」があるというのが辻さんの教えであった。

また懐石料理のなかでは、「箸洗い」といって、まるで白湯《さゆ》に近いほど淡い淡い味付けの吸い物を出すということもある。

この「抑制の利いた味」、言い換えると「ほどのよさ」に、日本料理の精髄《せいずい》が隠されているように、私は思っている。そこで、こんな句を作った。

幽《かす》か湯の味して旨し鱧《はも》の汁　　宇虚人《うきょじん》

特に夏の名物鱧の汁ともなると、決して味の濃すぎるのはよろしくない。骨切りをし、軽く軽く葛《くず》を打った鱧を湯がいて椀《わん》に盛り、そこへそーっと淡いお澄ましを張って、最後に梅肉をポンと置く、そうなくてはなるまい。だから、鱧の汁にはまだ幽かに湯の味が残っている淡々《あわあわ》としたのが風味で、そこに生臭さを去った夏の汁の爽やかな味わいがあるのである。

こういう日本的な抑制、すなわち「ほどのよさ」は、じつはとても大切なコミュニケーションの要素である。

たとえば、人に好意を示すとしようか。

この場合、自分が相手を好ましく思い、仲良くしたいと思う感情と、相手が自分に対して思ってくれる感情とが、必ずしも一致するとは限らない。いや、普通はたいてい温度差というものがある。

もし、ここで、自分が相手を好きだと思うのと同じように相手も自分を好きだと決めてかかると、万一相手のほうの感情はそれほどでもない場合、相手にとっては、自分の好意がtoo much（過度）に感じられて、心の負担になるかもしれぬ。いや実際にはどうか分からない、分からないけれど、まずはそう考えて、自分の行動を一段低いギヤに入れるというか、軽くブレーキを踏んでおくというか、そういう心得が大切だと思うのである。

だから、相手にとって負担にならないように、自分の示したい好意よりは一段淡く、相手にとってはやや物足りないくらい控えめに示すようにしようと自分に言い聞かせる心、これが

「ほどのよさ」である。この「ほどのよさ」の美学が解らない人は、とかく押しつけがましい好意の示し方になってしまう。

たとえば贈り物について、私は、こう考える。

なにかを贈られて嬉しい場合もあるかもしれないが、それよりも、貰《もら》った側はどう思うだろうか、と。

「ありがたいけれど、頂きっぱなしというわけにはいかないだろうからなあ……」

そう思って、どういうお返しをしようか、などと余計な気遣いをしなくてはならないかもしれない。そこを思うにつけて、私は、物などを贈るのはよほど考えものだと思うのである。

ましてや、高価な品物や、なにか値段の知れてあるようなブランド物などを贈るなどというのは、「ほどのよさ」からはまったく外れた成金趣味というもので、心の不洗練が、こういうところに出てしまう。

もしなにか感謝だとか、思いを伝えたいというのであれば、もっとも良いのは、真に心のこもった手紙などではなかろうか。

私などは、原則として人にプレゼントはしないし、貰いたいとも思わない。好意というものを、そのような物で表現するのは、根っから嫌いなのだ。

そのかわりに、たとえば心を込めて書いた内容ある手紙を、自筆の絵カードに書いて贈るとか、そういう無形の、お金には代えられない（すなわち、英語で言うところの priceless な）形で示したいと思うのである。で、それを相手が見て、ふっと喜んでくれればそれで終わり。それ以上の反応や見返りは求めないのが、都会的に洗練された、ほどのよい行き方だと私は信ずる。

友人関係でも、恋愛でも、あるいは夫婦関係でも、およそこういう「ほどのよさ」は親昵《しんじつ》を永からしめる秘鍵《ひけん》だと言ってよい。あまりに頭に血が上《のぼ》って、毎日でも逢いたいとか、一日に何度でもメールや電話をしないと気が済まないとか、そういう度を超した濃密さは、やがて独占とか嫉妬とか不穏な感情へと劣化していくのである。

常に自分の感情を内輪に内輪にとコントロールして、ともかく相手の負担にならないように、少し物足りないかなと思う程度に抑制することが、結局いつも仲良くしていくことのためには大切な要件だということなのだ。

この「ほどのよさ」が解らない人が、やがてはストーカーになり、セクハラになり、また学校に持ち込むとモンスター・ペアレンツなどということにもなる。

この頃、そのような悲しむべき事例が頻発しているのは、畢竟《ひっきょう》この「ほどのよさ」という美学を、子供の頃から念を入れて教えてこなかったことの付けが回ってきたのかもしれぬ。

私の応援歌

かの大震災と原発事故が起こって、はや八年が過ぎたが、まだまだ東北、なかんずくに福島県下の復興は遠い遠い道のりのように思われる。この未曾有《みぞう》の国難に際会《さいかい》して、多くの人が、それぞれの立場で、なんらかの応援をと思ったことであろう。応援にもいろいろあって、現に自分の体を現地に運んで、なにかとお手伝いをするという、ヴォランティアとしての応援もあるだろう。あるいは、志《こころざし》のあるところを文章に、写真に、演劇に、映画に、と表現者としての力を応援に尽《つ》くした人もあるだろう。

私自身、あの大震災が起こるしばらく前に、ちょうど福島の中通りから浜通りにかけて、奥深い山道を逍遥《しょうよう》したことがあった。いわゆる観光化されていないウブなままの自然が、田園が、村落が、静かに息づいている、ほんとうに美しい天地であった。

その、かつて賛嘆《さんたん》しながら通った道も、今はもう自由に立ち入ることもできないところがあるのは、なんとしても悲しい。どう応援しようにも、こればかりは、一人の個人の無力さを嘆くよりほかにどうしようもない。

震災から半年が経ったころに、Harmony for Japanという運動が提起された。

これは、被災地を励まし、ひいては日本を励ますという願いを以《もっ》て、音楽家たちがそれぞれの持てる力を結集しようという運動で、具体的には、みながヴォランティアで、日本を、被災地を、励ます合唱曲集を作って、世の中に送り出そうというのであった。

その時、作曲家の、なかにしあかねさんから、この運動にぜひ力を貸してほしいと頼まれて、私は合唱曲のための詩を提供することにした。

じつは、それより少し前から、私は『旅のソネット』という旅を主題とする詩集を編んでいて、そのなかの一編を、この合唱曲のために贈ることにした。それは、こんな詩である。

げんげ田の道を

げんげの咲き敷いた田の道を
うすくれないの野の道を
あさぎ色によく晴れた空の下を
のんのんと旅してゆく

こうしてげんげが咲くころには

里山の木々は煙るように萌《も》えて
ああ、それはどんな花よりも
あえかな、愛《かな》しい色に萌えて

この産毛《うぶげ》のような芽生えの野山を
旅していくのは佳《よ》いことだ
あの小さな鳥たちが鳴き交わす小道を
旅していくのは佳いことだ

名も知らぬ里の、名も知らぬげんげの道を
空を見上げて、旅していくのは佳いことだ

やがてこの詩は、なかにしさんの手で、美しい無伴奏混声四部合唱曲として作曲され、楽譜も刊行された。

私は思う。こういうすぐれて時事的な意味を持つ試みは、それだからこそ、時事的なところを離れて、これから先何十年でも歌い継がれていくような、時間とともに陳腐化《ちんぷか》することのない、不易《ふえき》なる作品を目指さなくてはならないのだ、と。

それがつまり、こういう大災害……ある意味では人災でもある不幸な出来事を未来に語り継ぎ、風化させないための要件であるに違いないと、私は信ずる。

あの、特に原発事故によって、私どもが失ったものはなんであったのか。

それは、かつてその野道を逍遥しながら、胸一杯に吸い込んだ清浄な空気であり、何百年何千年という長い時間を重ねて、祖先たちが切り拓き、手入れして育ててきた、緑なす田園であり、里山であり、美しい水であり、豊かな海であった。

それを蹂躙《じゅうりん》するあやかしのようなものに対して、怒りの拳《こぶし》を振り上げ、呪いの言葉を投げつける、そういうプロテストの方法もあるかもしれぬ。しかし、私は、もっと静かに、もっと優しい言葉と音楽で、私たちの国土のかけがえのない美しさや歴史や、人々の暮らしや、そういうものを世界に、そして後世の人びとに訴えたいと思った。

なかにしさんの合唱曲は、印象的でとても美しい音楽となった。私はこれを聞いて、どうしてもこれは自分でも歌いたいと思って、バリトン用の独唱曲に編曲してもらった。そうして、あちこちで歌って、私の応援の心を訴えていこうと思っているのである。

（後に、『旅のソネット』は、全曲がオペラ作曲家の二宮玲子さんによって作曲されたが、それもとても美しい組曲となった）

宿の選び方

仕事がら、地方講演で出張することも少なくない。他の人は、どうしているのか知らないが、私はいかなる場合も宿は自分で探して、自分で予約することにしている。決して人任せにすることはあり得ない。

どうしてかというと、宿の善し悪しというものは、多分に各自の好き嫌いと関係していることが多いからだ。値段がどんなに高い超高級ホテルでも、気に入らないとなったら気に入らないのだ。反対に、安いビジネスホテルだって、気に入ったところなら、心穏やかな一夜を過ごすことができる。私の宿の選び方は独特な価値基準によるので、決して人任せにはできないのである。

まず第一に私は、どんな場合にもホテルで、洋室で、ベッドと椅子とデスク、というのが必須条件である。和室に座卓、デスクもなく、インターネットも接続せず、寝るときは布団を敷いて寝る、という和式旅館ではまったくくつろぐことができず、不愉快極まりない。これは所詮好き嫌いの問題であって高級かどうかなどは関係がない。

私はインターネットで宿を探すのだが、その場合、ホテルを選ぶ優先順位は、なにはなくとも「部屋の広さ」である。狭苦しい部屋ほどいやなものはない。カプセルホテルなどは、想像するだにうっとうしい。で、広さと値段の兼ね合いを見計らって決めるのが普通である。二十五平米以上のツインの部屋、値段は一泊一室一万五千円程度が目安で、シングルの部屋には泊まらない。

次に、禁煙室であること。このごろはだいぶホテル業界でも禁煙室の設定が増えて来たが、なかには、ぜんぜん禁煙室を設けていない、時代錯誤で不見識なホテルもあって、そういうところはきっぱりと選択から除外する。反対に全室禁煙というホテルだったら、まずは最優先で選択の候補とする。タバコの煙は、部屋の壁にも床にもカーテンにも染み付いてしまうので、少々換気などしたところで効果はなく、ましてそのごまかしに消臭剤などをぶちまけられた日には化学物質に過敏な私には、とてもたまらない。いつぞや、禁煙室を予約しておいたにもかかわらず、行ってみたら喫煙室に消臭剤を撒いたという部屋をあてがわれて閉口頓首《とんしゅ》、ただちにそのホテルをキャンセルして、キャンセル料は支払わないことで納得してもらったことがある。国民の八割以上が非喫煙者の時代に、まだ半数以上も喫煙室を設けているような時代遅れの経営体質のホテルでは、ほかのサービスだっておそらく碌《ろく》なことはあるまい。

次に、望ましいことは「窓が開くこと」である。多くの高層ホテルでは、窓ははめ殺し状態になっていて、室内の空気が非常に淀《よど》んでいて息苦しいことが多い。そこで、私は、高層ホテルは選択から除外することにしている。できるだけ低層のホテルで、窓がガラリと大きく開くというのが理想である。

なかでも、リゾートホテルのように、バルコニーがついていて、大きなドアが開いて外に出られる、なんてのは最高であって、そういうところがあれば、最優先で予約を取ることにしている。

どうやって、窓が開くか開かないかを見るのかというと、まずはそれぞれのホテルのホームページを閲覧して、その室内写真を観察すれば、窓が開くか否かはすぐに判断がつくのである。

さらに、東京から四百キロ圏内の範囲であれば、自分で車を運転して行くのが常である。となると、ホテルに駐車場が完備していること、これも必須の条件で、しかも、願わくはその駐車場が平面駐車場であってほしいものである。立体駐車場はとかく出し入れが面倒で時間がかかる。それに、いつも荷物は多いので、チェックインのときに、ホテル玄関まで車が寄せられるということがあれば、なおよろしい。このため、鉄道の駅に近いなんてことは、私にはなんの意味も無い。むしろ駅から遠くて、高速のインターに近いというようなことが立地としては望ましい。

私は宿のお仕着せの料理ってのが気に入らないので、一泊二食付きというのはごめんを被《こうむ》る。宿泊は常に素泊まりで、ホテルの朝食も食べない。ましてや、日本旅館のように、二食付きが当然で、したがって夕方の五時半までにはチェックインしなくてはならないなどというのは、迷惑この上ないというものである。

それから、ホテルの防災意識が大切である。チェックインすると、私はまず非常階段をチェックすることにしている。もしビル火災など起きた場合、エレベーターは使えない。そうすると非常階段が常に使えるかどうか、それは安心して泊まるための必須条件である。ところが安いビジネスは、外階段の非常階段しかない場合が多く、それもセキュリティ上の理由から常は施錠してあることが普通である。この場合、もし非常時にその鍵が解錠できなかったら命はない。だから、外階段ではなくて、建物内に常に通行できる非常階段があるべきだと、私は常々思っているので、そういうホテルが優先になる。

そうして、いつでも実際にその非常階段を使って下まで降りてみるのが私のやりかたで、つまり避難訓練をしておくのである。そうすると、ホテルによっては、階段室のドアが施錠してあったりすることもある。そういうすべての状況を把握した上で、安心して宿泊したいというのが、私のなによりの願いなのである。無条件にホテルを信用することはしないのが、私のやりかたである。

海外旅行は苦痛で危険

昔、まだ学生だった時分には、海外旅行というものはずいぶん大変なことで、ちょっと大げさにいうと、冒険・探検という気分が漂っていた。ヨーロッパに行くといっても、直行便などはないし、安いエアチケットで行こうと思ったら、いわゆる南回りの、あちこちに着陸しつつ二十四時間ほどもかかって行く便だったし、今のようにさまざまの情報を手に入れることもできなかったし、仮に女子学生が海外旅行に行くといったら、真顔で反対する親も少なくなかったことと思われる。

しかるに、今は、格安航空券というのがいくらもあって、ロンドンあたりでも、最新鋭の飛行機で行く直行便のそれでさえ、十万円もしないなんてことがある。いやはや、隔世《かくせい》の感というのはこれである。

私が最初にイギリス留学に出かけたとき、まだ直行便はロンドンまで飛んでいなくて、アンカレッジで給油して飛んで行くワンストップ便であった。その頃に比べると、今はよろずに簡単になり、安価になり、安直になって、海外旅行なんてのは、冒険でもなんでもない、まったく気楽な旅行という感じになってしまった。

それから毎年のようにイギリスに滞在するようになって、飛行機に乗るのも海外を旅するのも、そんなに苦にはならないと思っていたものだが、最近は、年齢のせいもあって、非常にこれが億劫《おっくう》になってきた。

その億劫になったきっかけというのは、ほかでもない。

二〇〇五年にロンドンの地下鉄で大規模な爆弾テロが計画され、それが事前に露見して犯人グループが一斉検挙されるという事件があったときのことだ。

たまたま私は、そのときケンブリッジに滞在していたが、ちょうど帰国しようとした前日だかに、くだんの爆弾未遂事件が発覚したのであった。たちまち、イギリスのテロに対する警戒度が最高度に引きあげられ、ヒースロー空港はそれがために、極度の緊迫と混雑となった。

なにしろ、そのときの制限は徹底していて、あらゆる液体の機内持ち込みが禁止され、荷物検査は、まるで犯罪者の捜査さながら、厳格を極めたものとなった。そのためチェックインのところに、特別のゲートが新設されて、一つ一つ荷物の検査をするために、異常な長時間を要することになった。だいいち、フライトの二時間前だったかになるまでは空港ビルにさえ立ち入りが禁止され、機関銃で武装した兵隊がいちいち検問にあたるため、空港ビルの周囲は大渋滞となり、待てど暮らせどビルに接近することさえできぬという有り様になった。

たまたまそのとき私はたった一人で帰国の途につくところであったので、さあレンタカーを返しに行くやらなにやら、すべてのことが遅延に遅延を重ね、いったいいつになったら空港ビルに入れるのか、暗澹《あんたん》たる思いに拉《ひし》がれたものであった。しかも、やっとビル内に入れても、その荷物検査を通過するのに、三時間ども行列して待たなくてならず、連れのいない私は、大荷物を抱えてトイレにも行けない、水も飲めない（自販機は全部封鎖）という状態で、ひたすらその、いっこうに進まない列に並んで我慢に我慢を重ねたのである。あのときのうんざりした気分は、いまもありありと思い出すことができる。

そうしていざ検査にかかると、あらゆる液体は禁止だというので、万年筆・ボールペンまでも没収される騒ぎで、機内持ち込みの荷物は透明な小さなビニールバッグに入れた一人一つしか許可されず、まことに弱ったものであった。もっとも、私などは男だからまだよかったので、前にならんでいた若い女性は、すべての荷物を検査するというので、生理ナプキンまで、ぜんぶ包みから出して、広げて見せなくていけないという、とんでもない目にあっていたのはまことにお気の毒であった。赤ん坊づれの人は、その赤ん坊を裸にしておむつのなかまで調べられる、あらゆる靴は脱いでそれをX線検査という徹底ぶりで、これでは時間がいくらあっても足りないくらいであった。

たまたま私は日航機であったので、それでも四時間ほどの遅延で出発することができたが、アメリカ便などは、結局その日の出発はキャンセルされたものも多かった。

そんな目に一度でも遭《あ》ってしまうと、これはほんとに懲《こ》り懲《ご》りという気分になる。

このテロリストの横行する時代には、なにかあるとすぐに空港の危険度がアップして、また検査の厳格化が実行される。それでも、なお理不尽に無辜《むこ》の旅客機をミサイルで撃墜するような蛮行《ばんこう》も実際に起こったし、まことに海外旅行は剣呑《けんのん》な時代になったものである。

それればかりでない。

加齢とともに、時差の解消にも並々ならぬ苦労をするようになって、旅行前後の体調管理の難しさは、忙しい日常のなかで、のっぴきならぬリスクとなってのしかかってもくる。

外国語のやりとりや、なれぬ生活習慣も面倒だ。

それやこれやで、私は、もうこの頃は、すっかり海外旅行嫌いになり、できることなら海外には出かけたくないと思うようになった。

もはや外国に行くよりは、日本の山里に籠居《ろうきょ》して、静かに来《こ》し方行く末でも思うて暮らしたい……もっぱらそう思って過ごしているところである。

見知らぬところへ……

いきなり私事で恐縮ながら、私はさる財団法人の理事を二つ辞職させてもらった。一つはイギリスと日本の両国にまたがる財団、もう一つはスカンジナビア五カ国と日本に足をかけた財団である。

理事といってもまったくの無給で、もちろん非常勤であった。その職務は、これらの財団が毎年学術文化交流のための助成を出しているのだが、要するにその助成の可否を論議する審査員というほどの職務であった。

ただ、いずれの財団も、日本とヨーロッパとで毎年のように理事会を開催する関係で、どうしても外国へ足を運ばなくてはならないのであった。

そのために辞職前年にはフィンランドへ出向くことになり、私はついでに一週間ほどイギリスのケンブリッジで休暇を過ごすことにしたのである。フィンランドは仕事だから、まあ可もなし不可もなしというところだったが、つくづくと思ったことは、私自身外国旅行が好きではないということであった。

イギリスに関係したエッセイなどをあれこれ書き、また旅の本なども多くものしているため、ややもすれば、海外旅行好きなのかと誤解されている嫌いがある。しかし、じつを申せば、海外旅行はあまり好きではない。

そのフィンランド行きを例にとると、まず成田からヘルシンキへ飛び、そこで一泊して、翌日にクウサモという田舎町へ小型の飛行機に乗って行った。この北極圏も近い町は、広々としてのんびりとして、悪くないところであったけれど、いかんせんいろいろ会議などあって、ゆっくりと過ごすことはできなかった。

会議が終わってから、またヘルシンキまで戻り、せっかく来たのだからというので、ヘルシンキ観光などを試みつつ、二日後にロンドンへ移動したのであった。ちょっと事情があって、(いつもならロンドンは通過してケンブリッジへ直行するのだが)二日ほどロンドンに逗留《とうりゅう》して用足しを済ませ、それからやっとケンブリッジに到着、ここで定宿《じょうやど》のホリデイハウスに一週間滞在して、少しだけ休暇を過ごした。

それでも、帰国に際してはまた、ロンドンへ移動して一泊し、翌日の飛行機で日本へ戻ってきたので、せっかくの一週間のケンブリッジ休暇であったが、実感としてはなんだか忙しく移動ばかりしていて、落ち着かない感じが残ったのである。

そうして、この三週間ほどの海外巡歴を終えて戻ってくると、はやくも多忙な日常が私を待ち受けていて、時差の調整もままならぬなか、ろくろく夜も眠れぬほどの仕事と格闘しなくてはならなかった。

その旅行疲れと時差疲れに、重い倦怠感《けんたいかん》を感じながら、私は一つの決心をした。

……それは、よほどの理由が無い限り、もう海外へは行かないことにしよう、という決心である。

もともと団体旅行などは大嫌いで、これはお金を貰っても行かぬ。自分の自由にならない日程、見知らぬ人との接触、観光地という騒がしい空間、通俗な旅宿、そのいずれもが私の嫌悪するところで、これはもう子ども時分からずっと変わらない。

しかし、以前よくイギリスに行っていた頃は、短いときでも一カ月、長ければ三カ月近く行っていることもあって、その間私は自由にどこへでも行き、好きなものを見たり、あるいはただ何もせずに、止宿先のベッドに寝転がって本を読んだりと、自由で創造的な時間を楽しむことができたのである。

けれども、今はそんなのんびりしたことはもはや許されず、押し寄せる仕事をかき分けて外国に行くため、せいぜいケンブリッジに一週間というようなせせこましいことになり、そんな休暇では、結局疲れるだけだということを痛感したのである。

それに、あの長距離の国際線旅客機に乗って旅するのは、やはり精神的に肉体的に非常に疲れる。おそらく旅の疲れは移動距離に比例すると思うし、時差というものは、歳とともにますます辛くなってきている。

また世界はだんだん危険なことが多くなり、以前のように気楽な旅行を楽しむというわけにもいかなくなった。

かくなる上は、もう海外には行かないことにしようと思って、その海外仕事の義務を伴った理事職をすべてやめさせてもらったというわけである。

そう決めてから、晴れ晴れとした気分のなかで、そうだ、日本国内でいくらも行ってみたいところがあるぞ、ということを思った。いや、日本国内でも観光地に行こうというのではない。人混みの観光地に行って、ありきたりの土産物など買って……なんて考えるだけでも鬱陶《うっとう》しい。

私はただ、未《いま》だ見ぬ風景、未だ歩かぬ道、海辺の、山奥の、未見の地に滞在してみたいのである。山があり、長い長い海岸線があり、歴史があり、人情があり、日本という国はじつはとても広い魅力的な国だと思う。その日本で、まだ足を踏み入れたことのない町や里に、ぶらりと行ってみたい。人生はそうそう残り長くもないので、これからはそうやって、時差や長距離移動に悩まされることのない国内探索にもっぱら時間と精力を使ってみようかと、まあそう思っているところなのである。

カラオケ以前の……

この頃、私は「古い楽譜」というものに並々ならぬ興味を持って、目に触れるに従ってこれを買い入れることにしている。この場合、蒐《しゅう》集《しゅう》対象としているのは、もっぱら歌の楽譜で、器楽譜はひとまず対象外である。そうして、その歌のジャンルは問わない。

現代は楽譜が出版されなくなってしまった時代で、流行歌の楽譜が後追いで出版される場合もあるが、それもたいていは『〇〇ヒット曲集』のような形で、セットになった冊子体で刊行されることが多い。そうして、それらの楽譜の成り立ちは、たぶん音源を聞いて、そこから楽譜に書き起こす(採譜《さいふ》・記譜《きふ》)という作業によって成ったものがほとんどだろうと思われる。

じつは、今は亡き私の妹は国立《くにたち》音楽大学の出身で、こうした仕事を得意とし、学生時代にはユーミンの曲集などをレコード音源から採譜する仕事をしていたものであった。じっさいのところ、ポップス系の音楽がどのような形で録音されるのか、よくも知らないのであるが、たぶんあまり細かなスコアなどはなくて、コード進行や、口頭での打ち合わせに従って、名人上手のミュージシャンたちが、即興で演奏し歌っていくのではなかろうか。

しかし、戦前戦後のいわゆる「歌謡曲」というものには、ちゃんとオリジナル楽譜というものがあった。

歌い手も作曲者もたいてい音楽学校出の人たちで、レコードはオケ伴奏だとしても、それとは別にピアノ伴奏による歌唱譜というものが作られた。そうして、それはたいてい「ピース譜」の形で刊行されたのである。

今日《こんにち》「懐かしのメロディ」としてよく知られている歌にも、まず例外なくこういう「ピース譜」が出ていて、それもなかなか風情ある表紙絵などに彩られた、味わいある楽譜であることが少なくなかった。

大切なことは、こういう骨董的楽譜が単なる眺め物ではなくて、じっさいにピアノ伴奏譜として歌ってみることができるということだ。現在ではすっかり忘れられた作品でも、こうしたオリジナル楽譜を手に入れれば、ただちにピアノ伴奏で自ら歌ってみることができるのは、なによりの楽しみである。

現今《げんこん》、こういう歌のピース譜がほとんど作られなくなってしまったのは、おそらく「カラオケ」というものの普及と無関係ではあるまい。じっさいに昔、伴奏ピアノが弾ける人がどのくらいあったかわからないが、少なくとも誰かピアノを弾く人が居さえすれば、このピース譜を見て歌うことができた。この限りでは、声楽曲もジャズも歌謡曲も同じことなので、まったく知らない歌でも、楽譜によって視唱《ししょう》することができたのである。

たしかに、カラオケという道具は、歌詞も画面に出るし、調子もたぶん自在に上げ下げできるのであろうから（じつはまだ一度もカラオケハウスには行ったことがないので、ほんとうのところどうなってるのか、よく承知していないのであるが……）、それはたしかに便利に違いない。歌いたい人は、特段の訓練など受けずとも、耳に多少の聞き覚えさえあれば、あとは画面の歌詞とカラオケに被《かぶ》せられている旋律に導かれて、まあ歌うことができるであろう。

しかしながらそれは、楽譜を読みながら歌うという営為とはまったく違ったものであって、いわば「お仕着せ」の音楽にうまく合わせて歌うだけのことに過ぎぬ。それはそれで楽しかろうけれど、ほんとうの歌の楽しみは、楽譜に書かれている情報を自ら解読しながら、伴奏者と練習を重ねることで、「自分の音楽」を創出していくという、その一点にある。

この一番の楽しみが、カラオケではおそらく欠如しているのではあるまいか。

私自身は、もう声楽を四半世紀近く、専門の声楽家に師事して稽古勉強し、各地でバリトン歌手として舞台に立つようにもなった。

とりわけ、近年、金沢の外科医でありテノール歌手でもある北山吉明《よしあき》さんと組んでデュオ・ドットラーレという男声二重唱ユニットを作って以来は、東京で、金沢で、そして豊橋で、信州で、などなど、あちこちで歌の演奏会を開いて楽しく活動するようになった。

ここにおいて、私の蒐集した古楽譜を大いに役立てて、もう忘れられた名曲などを復活演奏しようという試みや、軍歌（これにもたいていピース譜が出ていたのだ）のあれこれ、また童謡の戦中戦後など、古き良き日本の歌を楽しく歌っているというところである。

いずれも楽譜を読み、自ら演奏解釈を加えつつ、伴奏者とともに音楽を作り上げていくので、その楽しさはまた格別である。

いつか舞台にかけようと、漠然と思いながら年来蒐集してきた古楽譜が、こういう「大人のクラブ活動」のような形で、若い音楽家諸君ともご一緒したりしつつ、一つまた一つと日の目を見るようになる。そのことは、海のようにも山のようにもうれしいことである。

一病息災の弁

「一病息災」というとなにか肉体的なことだけを言うようだが、じつはもっと広く深い言葉かもしれない。

人生はいわば病気を抱えている人のようなもので、その苦しみのもとの病気にどう応戦するかで、その人の幸福が決まってくる、そんなふうに観念できる。病気に負けてしまったら、万事は休すというもの、そこから、ではいかにして生き方を変えて、その病苦に応戦するのかという気概の有り無し、そこが問題だろうと私は信じるのである。

十年あまり前、私はイギリス滞在中に急性胆嚢炎《たんのうえん》という猛烈に痛い病気にかかり、おおげさに言えば命にだって関わる可能性すらあった。幸いに、すぐに病院に担ぎ込まれて無事帰ってきたが、そこで私は考えた。

この病気は飽食肥満などが根本原因で、いま一時的に病症が治まっても、食生活などを改善しない限りまた再発する、と医者に厳重注意を受けた。

じつは、その少し前、私は突然背中の激痛に襲われて七転八倒するということが二度あり、これもおっとり刀で病院に行ったところ、尿管結石の激痛だと分かった。まあそれなら石さえ出てしまえば後は問題もないのだから、不幸中の幸いであったと一安心して、その後はできるだけ水を多く飲むくらいのことを心がけていた。そうしたら、こんどは胆囊炎になってしまったというわけで、よほど私は激痛の病気に縁があるらしかった。

そこでよく調べてみると、この尿管結石（腎臓結石）というのも食生活と関係があるということで、野菜などに含まれるシュウ酸がカルシウムと結合してシュウ酸カルシウムとして結晶化するのが一般的な腎臓結石だが、人間にはその結合を防ぐ酵素が備わっているものを、いたずらに高脂肪食を続けていると、その酵素の働きが阻害されて石ができやすいのだというようなことを聞いた。

つまりは、かれといい、これといい、飽食と肥満とが根本の原因なのだ。

そういえば、もう昔から健康診断のたびに「脂肪肝ですよ」と指摘されていたし、またその血液検査の結果もγ《ガンマ》GTPという値が異常に高いことも、常にお医者さまから注意されてはいたのである。ただしかし、私は酒を一切飲まないので、この異常値の原因もはっきりせず、放置していたというのが正直なところであった。

そこへ、こうして二度三度と、青天の霹靂《へきれき》のような激痛の病症に襲われ、さすがにそのままにはしておけないと思うようになった。脂肪肝だって、放置すれば肝硬変や肝臓ガンになるということも言われているのだ。

よし、それならこれを一つの「自然界からの挑戦」と見做《みな》して、大いに「応戦」を試みようと私は決心し、それからはすっかり食生活を一変し、中華料理、フランス料理、イタリア料理など脂っこいものは一切食べぬことにした。なおかつ、日頃からカロリーに十分気をつけて、パンにもバターは塗らない、牛乳も低脂肪乳のみと決め、できるだけ日本古来の、野菜と魚中心の、自然で質素な食生活を工夫しつつ生活することにした。

かくて、自らひたすら料理の工夫をして、野菜を中心とした低脂肪の食事を、しかも食べ過ぎないようにして暮らしていたところ、体重はするすると落ち、脂肪肝はやがて消え、血液検査の結果はすべて正常値に戻り、お医者さまにも大変に褒《ほ》められて、結果的に安全に暮らせるようになった。人間、やろうと思えばできるのである。

いま私は、七十歳という高齢になり、反射神経などがだんだんと低下しつつあることを実感する。また緑内障などの視覚障害も現れてきた。

これらは、言ってみれば誰もが通る「老いの細道」であるに違いない。まったく遺憾《いかん》なことだし、また認めたくはないけれど、誰だって不可避的に老いていく。それが厳然たる現実である。

そうなれば、その「老い」という現実を、すなわち「老いという一病」だと見做し、これにまっすぐに向き合って、そこから次に私がしなくてはいけない「応戦」の方法をいま考えているところである。

そこで第一着手として、まずは思い切って車を替えた。

それまで私はともかく運転が大好きで、生涯の友とも思っていたメルセデス・ベンツに乗って、日本国中たいていのところへは自らハンドルを握って出かけてきたのだが、そこにまず「改革」の鍬《くわ》を入れた。

愛着深いベンツを断腸の思いで手放して、代わりにもっと小型で、アイサイトという衝突を避けるための監視装置のついたスバル車を日常の足とすることにした。悲しいけれど、そこが決意のしどころである。

さらに、深夜ならびに名古屋以遠の運転は原則として取りやめた。運転が三度の飯よりも好きであったけれど、そういう「愛するもの」をこそ着実に手放して、だんだんと質素に単純に、そして安全第一にと舵《かじ》を切っていくことが必要である。一病息災、転ばぬ先の杖というものだ。

この際、いたずらな未練というものは、人生を醜くするであろう。すっぱりと未練を捨て、あるがままの現実を受け入れて、そこから何をすべきかを考える、それこそが「一病息災」という生き方の、いわば「要石《かなめいし》」のところであろうと思うのである。

歌と世相

はずかしながら、じつは私は作家であると同時に、バリトンの歌い手としても活動している。もともと東京藝大で教鞭《きょうべん》を執《と》っていた時分から、声楽の師匠について学び、発声のイロハのイから学び始めて、もう四半世紀以上の年月が経《た》った。

ちょっと考えると歌う声も年齢とともに衰えてくるような気がするかもしれぬが、実際はそんなことはない。人間の持っている潜在的可能性は、私どもが考えているほどヤワなものではなくて、いわゆる「磨けば光る」という性格が顕著なのである。現に四十三歳の頃に声楽を学び始めた当初、私の声域は五線下のソから五線内のミくらいまでの範囲でしかなかった。

しかし、それから営々として学び、ただ歌唱実技だけでなくてソルフェージュといって楽譜を見てサッと歌えるようにする訓練とか、重唱の技法とか、さまざまの研究を重ねて、いまでは下は五線下のミくらいから上は五線の上のソくらいまで歌えるようになった。

さて、そんなわけで、先年、金沢のアートホールで、北山吉明ドクターと二人して『戦前・戦後　歌の教室』と題したコンサートを開いた。

私どもはともに団塊の世代で、今や七十を超えた高齢者になってしまったのだが、昔は七十どころか、六十歳といえば、もうれっきとした「お年寄り＝お爺さん」であった。

私どもが子供の頃に歌った『船頭さん』という歌をご記憶の読者もおられよう。それはこんな歌であった。

一、村の渡しの船頭さんは
　今年六十のお爺さん
年は取つてもお船を漕《こ》ぐ時は
元気いつぱい櫓《ろ》がしなふ
　それぎつちらぎつちらぎつちらこ

そもそもこの歌が作られたのは、昭和十六年、あの太平洋戦争開戦の年であった。作詩は武内俊子《としこ》という人で、自宅近在の渡し場の実景を詠んだのだと伝えられている。

しかるに、どうしてこの「六十のお爺さん」が船頭さんとして船を漕いでいるのかというと、まさに世は戦争に向かって総動員体制で、いわゆる青壮の男たちは挙《こぞ》って兵隊に駆り出されていったからである。そこで、「年を取った六十のお爺さん」が、もうひと働きとばかりお船を漕いでいるのであったろう。それが証拠に、二番の原詩は、こうであった。

二、雨の降る日も岸から岸へ

濡れて船漕ぐお爺さん
今朝も渡しでお馬が通る
あれは戦地へ行くお馬
それぎつちらぎつちらこ

村の渡し船にまで、戦争に徴用された馬どもが乗せられていったのであるが、戦争が終わって平和な時代になると、さすがにこの詩は適切ではないというので、傍線部は、次のように書き改められた。

二、雨の降る日も岸から岸へ
濡れて船漕ぐお爺さん
今朝もかわいい仔馬を二匹
向こう牧場へ乗せてった
それぎつちらぎつちらこ

こうして、戦後の子どもの私どもは、平和的に暢気《のんき》に改作された詩で、この歌を歌ったのである。

同じことは、たとえばあの「汽車汽車シュッポシュッポ、シュッポシュッポ、シュッポッポ」と歌う『汽車ポッポ』という歌にもあって、あの歌はもともと『兵隊さんの汽車』という題名であり、「僕等《ぼくら》を乗せて、シュッポシュッポ、シュッポッポ……鉄橋だ、鉄橋だ、楽しいな」と戦後の私どもは歌っていたのだが、昭和十三年の原詩（富原薫《ふはらかおる》作詩）では「兵隊さんを乗せて、シュッポシュッポ、シュッポッポ……兵隊さん、兵隊さん、万々歳」などとなっていた。

ひたひたと迫り来る軍靴《ぐんか》と銃砲《じゅうほう》の響きが、こんな子どもの歌にまで及んでいたことを今、回顧してみると、戦後七十年の長い平和を享受してきた私どもの幸福が、しみじみと偲《しの》ばれる。そんなふうに、童謡の世界にも世の中の状況が大きな力を及ぼしていたことを思い、また戦争中のいわゆる「戦時歌謡」のような歌も、『空の神兵《しんぺい》』『月月火水木金金』の如き晴朗な作品を歌ってみれば、必ずしも悲壮な歌ばかりではなかったことを知るのであった。

私どもの演奏会は、北山先生と私と二人で、戦前戦後をめぐる童謡、歌謡、そして芸術歌曲とさまざまに逍遥《しょうよう》しながら、七十年の音楽史を振り返ってみたのである。

おかげさまでご来聴の方々は、ときに声を上げて唱和しなどしつつ、大いに楽しんでくださったようであった。

そうやって、今昔《こんじゃく》に思いを致しつつ朗々と歌う、それも私にとっては、ひとつの平和運動なのである。

運動の効用

運動をしなくては、筋肉というものはだんだんと怠けて、しまいにいうことを聞かなくなる。そうならぬようにするには、ともかく運動が大切だ、と当たり前のことを思いついたのは、近来の私の大発明であった。

私は若い頃から、大変に目の質《たち》が良くて、少年の頃には毎年の身体検査で、左右とも視力は二・〇を下回ったこともなく、したがって、およそ眼鏡というものをかけたこともなかった。それは眼鏡をかけた同級生諸君が、いかにも秀才らしく素敵なのに比べて、どうも垢抜《あかぬ》けない風采《ふうさい》のように思われて、近眼にならないかなあと、変な願《ね》ぎ事《ごと》をして、せいぜい夜中に細かな字を読み耽《ふけ》ったりしてみたけれど、いっこうに効き目はなかった。

こうして私は無事視力二・〇のまま大人になり、引き続き目の良いことを自覚しつつ、遠くのものはたちどころに認識し、手元の微細なものも顕微鏡のように仔細《しさい》に見ることができた。

ああ、それはなんという幸せなことであったろうかと、今、夢のように追懐《ついかい》することがある。視力が良いということの反作用のように、私は老眼になるのが早かった。四十一歳のときには、すでに弱い老眼鏡をかけて本を読む身の上となったが、おしゃれなデザインの眼鏡などをかけて、おのれの殺風景な顔にいくらかの意匠《いしょう》が施《ほどこ》されるのを喜んだりしていたのである。

ところが、この老眼というやつは、じつに具合の悪いことに、度の進むにしたがって段々と乱視が加わってくる。これがどういうメカニズムなのだかはよく知らないが、ともかく、眼鏡をかけずにいると、遠くのものも滲《にじ》んで見えたり、お月様さえ歪《ゆが》んで見えたりして、まことに具合がよろしくないのであった。

しかし、それはまだまだ序の口であった。

そのうちに、私はもっと具合の悪いことを認識しなくてはならなくなった。

すなわち、還暦前後ごろからどうも四角いものが変に丸く歪んで見えたりするようになって、これはさすがにタダ事ではないと、慶應義塾大学病院の門をたたき、詳しく調べてもらったところ、どうやら黄斑上膜《おうはんじょうまく》というものができていて、この無用の膜が網膜上の画像を不自然に歪ませているのだと、そうご託宣《たくせん》がくだった。

「それは治らないのですか?」

「遺憾《いかん》ながら、決定的な治療法はありません」

「なぜこんなことになるんでしょうか?」

「遺憾ながら、よく分からないのです」

「ではどうしたらよいのでしょうか？」
「遺憾ながら、運命と思って我慢なさってください」
と、この優秀なる眼科学教授は、「遺憾ながら」を連発するのであった。手術療法もないではないが、それは全身麻酔の大掛かりな手術で、入院加療を要するうえに、しかじかのリスクもあって、さらに手術で良くなる保証もないというので、これは御免を蒙《こうむ》った（近年になって、新しい手術法が開発され、黄斑上膜も比較的容易に治せるようになったそうである）。

ま、人生はいろいろ。遺憾ながら我慢するよりほかあるまいと思って、私はこの不自由な目を、相変わらず酷使して過ごしていた。作家業は目の酷使が仕事なので、それは肉体労働者が筋肉を酷使するのと一般である。

そうこうするうちに、こんどはどうも左右の画像が合わなくなった。それも悪いことになにかに焦点を合わせようと思うと、どうも左右で別々の画像のままになってしまう……と、これはじつは遺伝的斜視（外斜位）が発現してきた結果なのだった。もともと私の母も息子もそういう遺伝的素質があるから、私だけにそれが無いわけもない次第で、遺伝子はきちんとその計算どおりに体を動かしているのであった。

そこで、私はこの不自由に画像の重ならない目を騙《だま》し騙し仕事をしていたが、あるときふと気がついた。それは、若いときはまったく斜視ではなかったのだから、もしやこの現象は、目を正しく保持し動かす筋肉が老化して潜在的素質が出現してきたものではなかろうかと。

よろしい、物は試しと、私は一つの実験を試みることにした。目を動かす筋肉が老化して衰えてきたのなら、それをもう一度鍛え直してみたらどうだろう。八十歳でエベレスト登頂を果たした三浦雄一郎先生は、老骨に鞭《むち》打って重荷を背負い、鉄板の入った靴で歩いておられるではないか！

こうして私は、目の画像が合わなくなってくると、ただちに「目の筋トレ」にとりかかることにした。そうして、眼球をば、上⇕下、右⇔左、右上⤢左下、左上⤡右下、と「目いっぱい」に運動させて、それぞれ十往復もすることにした。まるで目が息切れするような感じがするのだが、こういう筋トレをやると、不思議にそれまで画像が合わなくなっていたのが、楽々と合わせることができるのであった。

うーむ、これは良い。薬も手術も不要、医者にも行かずひたすら運動して目の運動筋肉を鍛え直す、それで生活のクオリティが向上するなら、まことに大発見だ。

こうして私は、勉強しながら、食前食後、運転の赤信号のまにまに、随時この「目玉の筋トレ」を実施しているのである。どうか知友諸賢、私がそのような異常な目つきをしていたからとて、それは決して「目が回っている」のではなくて、意志的に「目を回している」のだから、ご心配は無用に願いたいのである。

老いてますます幸い

いま、私は七十歳である。れっきとした高齢者ということになるのだが、自分の心持ちとしては、少しもそんな気がしない。まあ、せいぜい三十五、六くらいの感じが、今も続いているような気分である。

とはいえ、肉体的に漸次《ぜんじ》老いてゆくことは、厳然たる事実で、これぱかりは誰も避けて通ることができぬ。現実に、わが肉体にも次第に年相応のガタが来て、日々四苦八苦しているところである。これから先は、ますます老化していくとともに、死も避けがたく近づいてくる。だから、目下の考えることは、その衰老《すいろう》と死とに、どのように向き合うかということの一点である。

幸いに、私も妻も特に重要な病気も持たず、夫婦揃って元気で過ごせているのは、これはもう天の与え、まことにありがたいことである。これは幸福の第一だ。

しかしながら、その幸いがいつまでも続くと思うのはとんだ勘違いというものであろう。むしろ、今の幸いな状態は、ほんとうにかりそめの現象に過ぎぬと観念して、それならば、これから先どのように人生を全うするかという、そこにこそ思いを致さなくてはなるまい。

病気や死、そういうことは考えたくないことだ。考えると憂鬱《ゆううつ》になるにちがいない。しかし、だからといって目を背《そむ》けていては、いざというときに後悔をするだろう。嫌《いや》だなあと思うからこそ、それに「応戦」していく心がけが必要だと、私はつねづね自分に言い聞かせているのである。

応戦の第一は、まずもって健康である。健康を維持するためには、もろもろの欲望と戦わなくてはならぬ。もっと美味しいものが食べたいなあとは思うけれど、美味しいものにはとかく毒もある。大霜降りになった上等の牛肉やら、バターやクリームたっぷりのフランス料理などを飽食していれば、当然肥満や動脈硬化を招来するに違いない。安逸《あんいつ》をむさぼりたいと願えば、不可避的《ふかひてき》に運動不足となって、筋骨の老化衰弱《すいじゃく》を招くであろう。酒を飲みたいだけ飲んでいたら、これまた肝臓などを悪くするに違いない。飲む・打つ・買う、そういう欲望からは、いっさい遠ざかっていたいし、適宜《てきぎ》に運動をして健康を増進するようにしたいものだと、私は思う。若い時分には、そんなことは考えもしなかったが、今はそのところが肝心のなかの肝心だと観念しているのである。

その上で、上質の「遊び」の時間をいつも持っていたい。若い頃はがむしゃらに働くばかりでも良いかもしれないが、そろそろ第一線からは退却して、リタイアという生活にもなってくるところで、さて仕事以外にはなにも無かったでは、その先が苦しい。

私にとっての最大の遊びは「歌う」ということである。

日常は超多忙超過密だけれど、そんな日々のなかでも、ほんとうに寸暇《すんか》を見つけては歌う稽古に出精《しゅっせい》すると、それがまたなによりの心の慰安《いあん》となる。しかもベルカント歌唱は良質の筋肉運動、それも有酸素運動だから、健康にはすこぶるよろしいのだ。

ただし、一人でこれを楽しんでいるだけではつまらない。稽古に稽古を重ねて、人にも聴いていただけるレベルにまで鍛練しつつ、私は有料のコンサートで歌う。そのことによって、皆様に楽しんでいただけるということがまた肝心なところである。

世の中には、同じ志を持った人があるもので、以前にも書いたとおり、五年ほど前から、金沢の外科医でテノール歌手という北山吉明ドクターと知り合いになった。知り合った途端に、これはもう前世からのご縁があったのではないかと思うほどに意気投合して、今では金沢で東京で、二人コンサートを連続的に開催し、その名もデュオ・ドットラーレと称して活動しているのである。

これは、決してお金儲けですることではない。ただし、聴いていただくについては、チケット代金を頂戴しての有料演奏会と決めている。ピアノなどの伴奏は、もちろんプロ中のプロの方々が出演してくださるので、きちんと出演料をお支払いしてお願いする。が、私どもは、原則としてなにも頂戴しない。いわゆる無償奉仕であるが、いやいや、決して損はしていないのである。

このことによって、「一回の本番は百回の練習にまさる」と音楽家の世界では言われているとおり、なによりも有益な経験を積むことができる。しかも自分は歌っていて楽しく、聴いている方にも楽しんでいただけるということによって、大きな幸福感を頂戴しているのである。

自分が喜ぶだけで人は喜ばないというような利己的なことは人を幸福にしない。しかし、まずは人が喜んでくださって、広く言えば世のため人のためになることをする、それによって初めて、私どもは得《え》も言われぬ幸福感を手にすることができるのである。

私どもの年齢になったら、自分のためということはひとまず脇に置いて、なにか人のためになることに汗をかく、それこそが、望ましい老後の姿にちがいない。

それゆえ、一銭の儲けにもならない音楽活動ではあるが、それだからこそ私どもはお金よりもっと大きな幸いを世の中から頂いているのである。

私の厠上主義《しじょうしゅぎ》

ビロウなる話で恐縮ながら、今回は厠《かわや》の話をしたい。食べることも飲むことも大切ではあるが、それよりも「出す」ことのほうがより大きな意味を持つと考えて、私はこれを「厠上主義」と称《とな》えるのである。早い話が、一日くらい飲まず食わずでもなんとかなる。しかしながら、大小ともに一日中排泄を厳禁されたとしたら、これは堪《た》え難い拷問にちがいない。

まあそれはやや極端な喩《たと》えではあるが、こういうことも言えはせぬか。仮に旅行に出たとして、宿のトイレが非常に古くて汚かったとしたら、その旅の興趣《きょうしゅ》はたちどころに半減しはせぬか、と。

私はもともと、かなり神経質な人間なので、一日の生活をきっちりと定まった法則にしたがってやらないと、気が済まぬ。早い話が、レストランなどに入って、そのトイレが和式のしゃがみ便所であったら、もうその時点で帰りたくなる。私は男ではあるが、立って小便をするというのが非常に嫌いである。大小ともに、ぜひ西洋式の清潔な便器に座って用足しをしたい。そもそも、見も知らぬ人と並んで立ち小便などするのは、恥ずかしいのを通り越して、オシッコが出なくなってしまうかもしれぬ。排泄を人に見られるなんて、そんな恥ずかしいことは真《ま》っ平《ぴら》ご免である。

そもそも、朝起きてから、一日の生活が始まるまでの手続《ルーティン》きは、厳密に決まっていて、それを外すと一日がずっと不愉快なのである。まずは起きてから、簡単に口など漱《すす》いで、すぐに朝食を摂《と》る。この朝食を食べるのは、べつに腹が減っているからではない。起き抜けなどは一向に食欲もないが、しかし、食べることによって体を目覚めさせるといったらよかろうか。水分を補給して血行を促進し、塩分を摂って血圧を上げ、糖分を摂って血糖値を上げ、体ぜんたいのエンジンを掛けるというような気味合いである。しかもお腹が温まると、いわゆる胃結腸反射という現象が起こって、素直に美しく便通が催される。ここで、すっきりとお腹をきれいにしておかないと、どうも一日じゅう腹中《ふくちゅう》の不定愁訴《ふていしゅうそ》があり、体が重くて切れが悪く、それはひいて精神的な影響も及ぼして、機嫌が悪くやる気が起こらないという弊害を引き起こす。

だから、この朝のルーティンともいうべき約束事は非常に大切である。

かくすっきりしておいてから、私は、おもむろに朝風呂に入って、すっかり全身を清め、下着も上着もすべて新しいのに着替えて、常に同じヘアクリームで頭髪を調え、髭を剃り、念入りに口腔《こうこう》内の消毒をして、それで準備完了、やっと私の一日が始まるのである。したがって、起きてから出かけるまで、必ずや二時間という時間が必要で、これはどんなに忙しくても端折《はしょ》るということはせぬ。そんなことをすればやはり、一日のリズムが狂ってしまうからである。

こういう習慣は大人になってからできたものでもなく、私は小学生の頃から、朝は決して急げない体質であった。起きて十五分もすれば出ていってしまう兄と対照的に、私はこういうふうにきちんとした手順を踏んで出かけるので、どう急いでも一時間とか一時間半とか、時間がかかるのであった。そのため毎朝のように、母は私を、

「どうしてあんたはそうグズグズしてるのかねえ」

と叱って急《せ》かせたものであった。ただ、子どもの頃はさすがに朝風呂までは使わずに出かけたから、時には寝癖のついたまま学校に行って、先生に冷やかされたりもしたものだったが、今はそんなことは決してない。一年三百六十五日、寝しなと朝と、一日二度の入浴を欠かすことはなく、従って毎日二度頭を洗うことにしているからである。なに、頭を洗うといっても、朝はぬるま湯で洗うだけだし、寝しなには石鹼で洗うが、それもごくごくマイルドなアトピー体質の人用の特別な薬用石鹼を使うので、それで皮膚や毛髪が傷むということはあり得ない。どころか、そのように清潔を旨としていると、フケも痒《かゆ》みも一切無縁なのはありがたい。いつも快適に清潔に、それが私の「暮らし方」なのだ。

このように順調に胃結腸反射を促《うなが》すためには、食事にも重々気をつけなくてはならぬ。すなわち、バランスよく食材を配し、とくに野菜、それも食物繊維に富む野菜を極力多くして、し

かも規則正しく食べる。それから、乳酸菌や納豆菌をきちんと摂取する。これはもう例外なく毎日食べるのである。以《もっ》て、私はこのルーティンを守っている限り、便秘などはまったくしたことがない。

最近の研究では、この腸内の環境、いわゆる腸内フローラというものが肉体の健康のみか、精神の健全をすら支配するということが分かってきて、従来のわが暮らし方が医学的に正しいことが証明されたという思いである。

もうさすがに、あのしゃがみ式の便所は金輪際ご免だが、いや、それが足腰を鍛錬するという意見もあることは承知の上で、しかし、足腰の鍛錬は別の方法で実施いたしたく、排泄はぜひ洋式に願いたい。

この意味で、最近の高速道路のＰＡ・ＳＡのトイレの清潔周到なことは、特筆に値するもので、ここに日本の文化的力量の高さを誇り得ると私は考える。そこへいくと鉄道の駅はまだまだ遅れていて、私が鉄道で旅するのを嫌うのは、そこにも原因があるのである。

空腹という贅沢

歯医者への坂道を登りながら考えた。

こうして七十歳になるまで生きてきて、いまだ一本の入歯《いれば》もなく、健康に自分の歯で噛んで食べることができるのは、まことにありがたい。歯が痛まずにいてくれるからこそ、なんでも食べることができ、美味を味わうこともできる。

しかしながら、だからといって、思うままになんでも食べていてはいけないのではなかろうか……と。

まあ人並みに健康に留意し、暴飲暴食せぬように自戒《じかい》してはいるのだが、ついつい甘いものの誘惑に負けたり、おいしいと満腹するまでがつがつと食べてしまったりするのは、これ煩悩《ぼんのう》のしからしむるところ、なかなかこれらの煩悩を抑えることは難しい。

十余年以前に急性胆嚢《たんのう》炎という恐ろしく痛い病気で七転八倒して以来、すこぶる食事に留意して十キロほど体重を落とし、メタボの解消に成功したのだが、凡人の悲しさは、それから十年余りのうちに体重も漸増《ぜんぞう》して、ちょっと重すぎるなあという感じがしていたところであった。

案の定、健康診断でコレステロールの数値が良くないと注意を受け、これは再び生活を建て直して以前の健康な数値に戻さないといけないと決意したのだった。

そこで、私がつらつら考えたことは、どうして自分は食べ過ぎてしまうのだろうか、ということだった。

結局、正常なる体の働きとして、順調に食べ物を消化して時間がたつと、血糖値も下がり、空腹を感じるようになる。そこで、ついついお菓子などを食べて「虫養《むしやしな》い」をしてしまう……。これが余分なカロリーなのだろうと思い当たった。

しかしながら、空腹の至ることはいかんともしがたい。その空腹に反応して、なにかを食べるということは、天然自然の作用で、誰も避けることはできないが、といってすぐにその食欲を満たそうとするのは、一種欲望に負けることを意味する。日々欲望に負けて「小さな過剰」を積み重ねる結果として、体重はじりじりと増えるのだから、よし、これを我慢しよう、と思う。思うけれども、それがそう簡単には我慢しきれないのが、是非もない現実なのであった。

そこでまた考えた。……いやいや待て待て、その「我慢しよう」という意想《いそう》が宜《よろ》しくないのではなかろうかと、そこに思い至った。

考えてみれば、もし仮に私が漱石のような胃腸の病気であったなら、とても「なにかを食べたい」とは思えないだろう。健全な食欲もなく、ただ吐気《はきけ》やら胃痛やらを堪《こら》えるのに一生懸命になっているという、そんな状況を空想すると、順調に腹が減ったと思えることは、これすなわち、非常なる幸いに違いないと考えたのである。

しかも、世の中には、貧窮《ひんきゅう》して食べるものを買うお金にも事欠《ことか》き、飢餓《きが》に苦しんでいる人だってたくさんいる。アフリカあたりでは栄養失調で死んでいく子供なども数限りないことであろう。

そういう現実世界のなかで、食べようと思えばいかようにも好きなものを食べることができる、という現状は、ほんとうに幸いなること、いやさらにいえば、これ以上の幸福はないのではないかとすら考えた。

そこで、その幸いなる状況のなかにあって、わが身を省《かえり》みるときに、いま欲望に任せてどんどん食べたいだけ食べるということは、べつに贅沢でもなんでもないなあ、と思えてきた。

そうして、むしろほんとうの贅沢というべきものは、食べられるところを一定以上は食べないように自己管理するということではあるまいかと考えたのである。

つまり「空腹を我慢する」のではなくて、むしろ「空腹を楽しむ」という境地に立ち至ることこそ、ほんとうの贅沢に違いない。

そこでまずは食事の改革に乗り出すことにした。

私はもともと一日二食が原則である。遅い朝食と早い夕食の二食、だいたい時間は午前十時と午後六時というところだ。酒というものは一切口にしないので、夜中にだらだらと飲食をするということは決してない。

朝食には、リンゴとヨーグルト、ソーセージと野菜、パン一枚に紅茶、まあ標準的にはそんなところで、軽く済ませる。

するとこれが、昼過ぎにはたちどころに腹が減ってきて、ああ、腹が減った、腹が減った、と思う。そこでなにかを食べるのをちょっと控えて、

「いいぞいいぞ、きょうも元気に腹が減る。順調に内臓が働いているなあ」

と、これをしばし楽しむのである。病気になったら、こんな贅沢な楽しみは味わえないのだから、せめて今こうして空腹感を賞味できる自分を、幸福というコードとともに感じていたい。そんなふうに考えると、空腹も亦《また》楽しからずや。ここが見付けどころであった。

そうして、夕食も過食をせぬように、また夜中には空腹感とともに眠るようにしたい、ここを以《もっ》て私は、墨痕淋漓《ぼっこんりんり》と一首の和歌を大書《たいしょ》して壁に題した。そうしてこれを日々睨《にら》みながら、空腹を楽しんでいるのである。

飯一膳《めしいちぜん》麺麭《パン》一枚《いちまい》肉百瓦《にくひゃくぐらむ》魚一切《さかなひときれ》野菜沢山《やさいたくさん》

捨てがたく、断ちがたし

名優、樹木希林さんが、従容《しょうよう》として世を辞された。じつに見事な人生仕舞《じま》いであったように思われる。もう何年も前からガンと闘病し共存しながら、いつ世を辞しても困らないように、極力物を持たない、簡素な生活を徹底していたと聞くが、いや、それは言うべくしてなかなか行い難いところがあるに違いない。

そもそも、私のような俗人には、まだまだ生きていたいという娑婆《しゃば》っ気《け》がある。いつあの世に行ってもよいと思い切ることは、なかなかできるものではない。

そうなると、多少はお洒落《しゃれ》もしたいと思うし、良い本があれば、ぜひわが書室《しょしつ》に架蔵《かぞう》して折々に眺めていたいとも思うだろう。

いやそもそもが、住んでいる家を出て小さな家に住み替えるということが、どだい簡単ではない。

最近ある知友がそれまで住んでいた家を人に譲り、もう子供たちもみな巣立って夫婦だけの暮らしと割り切って、はるかに小さなマンションに移られた。その時のことをちょっと聞いたことがあるけれど、わずか何ヵ月の間に、それまで数十年蓄積してきた家財道具を一切放下《いっさいほうか》して、何分の一かの面積に過ぎないマンションに移るということは、それはそれは大事業であったと言う。それはそうだろうと、私も深く納得したところであった。

いや、身内のことでも、かつて母が亡くなり、父が一人で住んでいた家に、息子（父にとっては孫）夫婦が住むということになって、すっかりその家のリノベーションをしたことがある。そのとき、亡母の残したものなどはほとんど始末して、父のものだけは残しておいた。やがてその十七年後に父も亡くなったが、さてその父の遺愛《いあい》の蔵書の始末だけでも、えらい大仕事であったし、そのほか雑雑《ざつざつ》の、つまり父にとっては生涯の思い出の染《し》みついている品々を、これまたきれいに始末するということも、実際残された息子の私どもにとっては、気苦労な仕事であった。父の若い頃からの写真とか、書簡類とか、世界各地を旅してあるいた記念の品々とか、それはもうよほど価値のありそうなものもいくらかはあったが、それを一々値踏みさせて買い取らせてというような手間を掛けることは到底できなかった。

結局、近所の道具屋を呼んで、なにもかも二束三文《にそくさんもん》で引き取ってもらい、写真類などは、ごくわずかばかり残してあとは捨てた。

まあ、死ねば結局こういうことになるんだなあと、この仕事は、やがて自分の死後ということを、否応《いやおう》なく考えさせてくれたものだ。

しかし、私のところは、その後息子はアメリカに移り住んで、まず帰ってこないだろうと思われるし、娘もアメリカ人と結婚していて、やがてはアメリカに帰ってしまうのではないかと予想される。

さあ、そうなると、私の家にある膨大な、モノ、モノ、モノ、それらを誰が始末してくれるのであろう。亡父の場合は、息子の私が古書については専門的な目利きであるから、二束三文で手放すということはしなかった。しかし私の蔵書については、だれもそんな手間ひまをかけてはくれないだろう。

蔵書だけでも、二万冊ほどになるが、その中でも古書として相応に価値のあるものが数十点くらいはあるに違いない。これらを、私が死んでしまっての後に、なにも分からない遺族は、おそらく正当な価値の万分の一ほどの捨て値で古本屋に引き取らせて始末するに違いない。それはいくらなんでも残念だ。

やはり、私の目の黒いうちに、しかるべく古書の大入札市などに出して、正当な価格で売ることによって、文化財である古書を世の中にお返ししたい。同時にそうすれば、その売ったお金は、私どもの老後の資金の足しにもなるだろう。

しかし、しかし、しかし、いま私はまだまだ仕事を抱えているから、その仕事のためにはそれらの古書が必要である。それらの古書をすっかり売り払ってしまう時は、すなわち私が著述という仕事を引退する時でなければなるまい。と、そう思うと、いつ仕事を辞めるのか、とその決意に逢着《ほうちゃく》せざるを得ぬ。

そうして、古稀《こき》という歳になったのだから、もう隠居になってもいいじゃないか、と必死に自分に言い聞かせもする。いやいや、そんなことを言っているうちに、明日にでも頓死《とんし》しない保証などどこにもない。となると、さあ始末を急がねばと、心にささやく声がする。

蔵書ばかりでない。私は声楽が好きで、声楽のCDばかり三千枚ほど所蔵している。こんなものも、そのまま捨ててしまうのは忍びがたいが、といって売れるものでもないかもしれぬ。いっそいま流行りのメルカリなどに出すという手もあるが……。目下住んでいる家はどうするのか、せいぜい断捨離して小さなマンションにでも移るなんて言っても、そう簡単なことではあるまいし、そうやってあれこれ考えていると、もういよいよ世を捨てて庵でも結んでと、妄想はするけれど、それこそもっとも行い難いに違いない。

こうして、膨大なモノを前にして、私はただ茫然《ぼうぜん》と、捨てられぬ妄執《もうしゅう》に立ちすくんでいるのである。

4

若者たちよ！

投資と投機と

アベノミクスも思うようには景気が浮揚せず、株などに投資している人のなかにも、ガクッときている人が少なくなかろう。

これだから株式投資は難しい……と、そう思っている人も多いに違いない。いや、私自身は、株に限らず、そういう一喜一憂するような投資話には無縁の生活をしている。まあ、額に汗して働いて正当に代価を頂戴し、それを日々の暮らしと子孫の教育に投じて、あとは老後の備えに貯金しておく、というのが私の生き方である。

しかるに、私の古い友人で、岡本和久君という人がいて、投資の基本的な思想について何冊も本を書いているのだが、彼の教えによれば、株というものはいたずらに売ったり買ったりするものではない、という。

岡本君は、もと大手の証券会社に勤め、後にアメリカの公認アナリストになって外資系投資顧問会社の社長を歴任した、いわば投資運用のプロ中のプロである。

その彼が勧めるのは、「株は長く持っているように」ということである。

そもそも、株というのはなんであったか。

ここに、一人の有能な技術者があって、大変に世のため人のためになるような製品を発明したとしよう。

ところが、それを生産して広く販売することができなければ、せっかくの発明も世のために役立つことを得ない。そこで、余剰の手元金を持っている人が、それをなんとか世のため人のために活用したいと思っていたとすると、そういうお金を、その技術者の発明したものをば製品化し、宣伝し、販売して、世間の便宜に供することのために役立ててしかるべきである。

かくて、発明家は株を発売して篤志《とくし》の人から資金を集め、そのお金で工場を造って製品を発売して……もしこれがほんとうに世のためになる良い製品であったとしたら、それは必ずや売れるであろうから……相応の利潤が得られるに違いない。そうしたら、発明家……今や会社社長といったらよかろうか……は、その資金を提供してくれた株主に、出資金額すなわち株数に応じて利益を還元する、とこれは理の当然であろう。

これが資本主義というシステムの根幹なのだが、いやちょっと待て、今の株式市場ってのは、そういう基本倫理に適っているであろうか。

今ここに一人の投資家がいたとして、彼はお金を貯金しておくのではなくて、株に投資しようと考える。しかし、そのときに、ほんらいどの会社の経営者が優れた人格や思想を持っていて、その製品がどれだけ世のためになるのか、というようなことを考えてから株を買うであろうか。おそらくそうではあるまい。

ただ、この株は今は安いけれど、じきに値上がりするに違いない、そうしたらそいつを高値で売り払って利ざやを稼ぐことにしよう、とまあ、そういうふうに考えて、なんとかして、売ったり買ったりで利ざやを多く稼げる「うまい話」はないものかと血眼になっている。つまり、そんなことが普通であるにちがいない。

わが岡本君は言う。そういうのは投資ではなくて投機なんだよ、と。

そういう思想も倫理も閑却視《かんきゃくし》した、ただ利益だけのために、株をせわしなく売買するとすれば、そういう株主は、仮にその会社がどんなに立派な理念のもとに良い製品を作っているとしても、たとえば外国の投資ファンドなど、それこそ投機的に買い占めんとするようなところへ高値で売却してしまうにちがいない。

そうなったら、どんなに立派な会社であっても、弱肉強食のマネーゲームに巻き込まれて、健全な経営は覚束《おぼつか》なくなるだろう。

だから岡本君は言うのである。もしほんとうに立派な理念を持って、世のためになるような製品を孜々《しし》として作っている会社があったら、その会社に投資する人は、原則としてその株は売らずに持っていて、三十年四十年という単位で、会社が発展していくのをずっと支え、なおかつその利潤から正当なる配当を受け取って、互いのためになるようにするべきだ、と。

じつに正しい考え方だと、私は思う。

世の中というものは、案外と公正なもので、真面目に努力する人は、長い目で見ると、ちゃんと報われるようになっている。ただ目前の利得だけに目を奪われていると、短期的には損をしたような局面ももちろんあるけれど、そのときに右顧左眄《うこさべん》することなく、信ずるところにしたがって、じっと我慢して遠い未来を見つめていると、結局は得になっていくものである。

私は株式投資はしないけれど、それはひとえに、ほんとうに投資してあげたいという良賈《りょうこ》に邂逅《かいこう》することがなかったからである。そうして、現代では、デイトレーダーなどと称して、ただ利益だけのために、会社の内実も経営者の人格も知らぬまま、売ったり買ったりの投機を繰り返して、働かずして利を得るような人が、時代の寵児のようになっている。まことに没義道《もぎどう》なるありようで、社会の倫理にもとること甚だしい。

今、学校でも投資教育をしようなどという向きもあるけれど、そのときは、ぜひとも正しい意味での投資の理念と倫理を教えてやってほしいものだ。それがもし反対に、若い人に投資ならぬ投機を教える教育がまかり通るとしたら、それは由々しきことだと言わねばなるまい。

挫《くじ》けぬ心

とかく世の中というものは、人智を超えたなにごとかによって動かされていくように思われる。

一つの例を挙げれば、今では世界中で愛読されている、あの『ピーター・ラビット』にしてからが、作者ビアトリクス・ポターがオリジナルの手書きテキストを持ち込んだとき、いくつもの出版社が歯牙《しが》にもかけず突き返したというのは有名なエピソードである。

もしそのとき、ポターが心挫けてしまって、それなりに引っ込めてしまったら、あの豊潤《ほうじゅん》な世界はまったく世間に存在しないことになっていたのだから、これを発見し出版した出版社の見識と勇気は大いに称揚《しょうよう》されてよいが、いっぽうで、それをまったく見抜けなかった編集者たちの濁《にご》った俗眼と魂は批判されてしかるべきである。

じつは、いまから二十八年前に出版して、いまなお増刷を続けている私の処女作『イギリスはおいしい』も同じことであった。

イギリスから帰って、当時の勤務校の研究会で講演をすることになり、その概要をメニューのような形で書いてみたのであった。ところがその講演は「学内の人間に講演料を払う前例がない」というくだらない理由で中止となり、このメニューは日の目を見ないことになったのだが、ただこれを見て、「面白そうだから是非《ぜひ》書いてください」という人が何人もあった。

そこで、私はテストに少しばかり文章を書いてみた。これを見た慶應の先輩に平田さんという人があって、彼はとても面白がって、なんとか本にしたいと、自ら編集者との仲介を買って出てくれた。

ところが、世の中は甘くない。

じっさいに編集者との面会をさせてもらった結果は、A社もB社もC社も、のきなみ「相手にせず」とでもいうような風情であった。まあ、それも仕方ない、と私は半分諦《あきら》めていたけれど、そのなかで平凡社の老練な編集者鈴木さんが、面白いから是非もっと書いてごらんなさい、と言ってくれたのだった。

結果的にこの本は、発売たちまちベストセラーになり、合計五十八万部も売れるという思いがけないことになった。それがどういうわけでベストセラーになったのかは、著者にも出版社にも、ついに分からない。

いま、既往《きおう》を振り返ってみれば、私の若い時代は、およそ蹉跌《さてつ》ばかり、挫折の繰り返しであった。

博士課程に進んで、私は助手に採用されたいと願ったが、これはまったく叶《かな》わなかった。そこで、六年間慶應義塾の女子高校で非常勤講師をしながら、専任の教諭になりたいと思ったけれど、これも突然に馘《くび》になってしまった。三十歳のときである。しかし、幸いに捨てる神があれば拾う神もあるもので、東横学園女子短大というところで専任講師にしてもらうことができた。そうして、ここで我慢をして研究をして、やがては人生最大の希望である、斯道《しどう》文庫という文献学研究所の専任研究員になることを目指していたが、これも三十二歳と三十四歳のとき、二度チャンスがあったけれど、二度とも採用にはならなかった。

その鬱々《うつうつ》たる失意の日々のことは、今もはっきりと記憶している。私としては、それまで最大限の努力を重ね、研究成果も出して来た。それは決して容易なことではなかったが、そのことが認められなかったことには、非常に落胆せずにはいられなかったものだ。

しかし、ここでも捨てる神あれば拾う神ありで、こんどもまた東横短大が、外国へ研究留学するというチャンスを与えてくれたのだった。東横短大に私は大きな恩義を感じているけれど、その短大はもう今は存在しない。

かくてイギリスに行く機会を得、イギリスでは書誌学・文献学の成果を次々に揚げることができて、日本で果たせなかった夢を、思いもかけないイギリスで、違った形で成就することができたのは、まことに不思議とも幸運とも言いようがない。この時の研究成果は、『ケンブリッジ大学所蔵和漢古書総合目録』（P・コーニツキと共著、ケンブリッジ大学出版）という著書に結実して、国際交流基金から、国際交流奨励賞という名誉ある賞まで頂戴したのであった。

そうして、この研究生活の余録というか、研究の息抜きというか、ごく気軽なつもりで、私は『イギリスはおいしい』を書いたのである。

だからもし、もしも、あの若い時代に何度も遭遇しなくてはならなかった蹉跌に心折れて、学問の志《こころざし》を捨ててしまっていたら、その後の幸運もつかみようがなかったというものであった。

かくて何度も何度も挫折を経験したことが、私の心を鍛えてくれたことも事実で、今となっては却《かえ》ってありがたいことであった、そこに神の見えざる手が差し伸べられていたのだと、そんなふうに思うこともできる。

困難や挫折は誰にもある。しかし、その挫折をむしろ糧《かて》として、挫けぬ心で応戦していくこと、それがその後の人生を実り豊かなものにするかどうかの切所《せっしょ》なのだと、これはぜひ言っておかなくてはならぬ。

便利であることの功罪

近ごろ、PCルームというものを廃止する大学が現れた。英断である。

コンピュータは、永遠に「未完成」の技術で、一つの技術革新が、次の利便性を生み、それをまた凌駕《りょうが》するような技術革新が現れて、さらに利便性が高まる。このスパイラル的連続がこの世界なのだから、永遠に「これで出来上がり」というところに到達することはまずあり得ない。それが技術というものの本態なので、きのうの標準ソフトは、きょうの旧式となり、きょうの最新OSは、明日の旧ヴァージョンとなりはてるだろう。まさに、その日進月歩は際限がない。

つい最近、私は一九八〇年代から現在までに使いつぶして保管してあったコンピュータ二十数台をすべて廃棄処分した。すると、一九九〇年代のストレージ機器などは、わずか二十メガバイトのハードディスクが弁当箱を二倍にしたくらいの大きな機械で、まさに別世界の感があった。つまり、そういう勢いで技術は進んでいくのだから、学校にPCルームなどというものを設けておくこと自体に大きな問題が内在する。すなわち、もしそういうものを有効活用したいと思えば、毎年毎年基本ＯＳや応用ソフトをヴァージョンアップし続けなくてはならない。仮に莫大な費用をかけて、それをし続けたとしても、情報というもののもつ基本的な個人性は、みんなが使い回す学校のコンピュータというようなあり方と鋭く矛盾するに違いない。

いっぽうで、昔たった八千字くらいしか入力できなかった小さなワープロ専用機でも三十万円以上もしたことを思うと、一テラバイトのハードディスクを内蔵した高速のマシンさえ十万円台で手に入るという現状は、まさに夢のようである。これから先も、そのように技術革新とコストパフォーマンスの改善が持続すると考えるなら、学校のような場で、固定したコンピュータを何十台も何百台も用意しておくことは、ほとんど意味がない。

そんなことをするくらいなら、毎年発生するＰＣルームのメンテナンス費用を、学生がコンピュータを買うことの補助に回すなどして、彼らがコンピュータを学校に持参するのは必須というふうに定めたほうがはるかに理にかなっている。

もうそういう時代なのだと、私どもは意識を変えてかかる必要がある。大学生になって、たとえば広辞苑を買って座右に備えるとか、大きな英和・和英辞典を揃えるとか、そういうことは今ではあまりなくなっているのかもしれない。おしなべて世は電子辞書の時代で、おそらくどこの大学でも学生たちは、電子辞書一つあれば、たいていの勉強には事足りると割り切っているように見える。

しかし、こういう便利な時代には、そのための落とし穴もあるような気がするのである。今から四十年あまり昔、私がまだ大学院の学生であった時代には、もちろんコンピュータなどははるか別世界の巨大な機械であり、ごくごく一部の理科系人間たちが難しいプログラムを動かして衛星軌道の計算などをする道具であった。そこで、私たちは、たとえばある言葉がある作品のなかでどのように使われているか、つまり「用例検索」ということをするのに、もちろんコンピュータで検索するなんてことは夢にも考えられないばかりでなく、まだその時代には、主要文学作品についても、本の形の索引すら刊行されていない現実があった。

そのため私たちは、当該の作品について、頭から頁《ページ》を繰りながらざっと読んでいく、読みながら用語例を探すというおそろしく手間のかかる努力を強いられるのであった。それは大学院の学生の私たちに課せられた大仕事であったけれど、しかし、その過程で、今まで知らなかったさまざまの知見を得ることができたのである。

また、読書という営為について思い出してみても、学問というものは、いかにして多くのデータを手許に集積し得るかで帰趨《きすう》の決するところがある。そこで、ひとつひとつの作品を、額に汗して読みながら、さまざまの用例をカードに筆記して蓄えたり、あらすじを纏《まと》めたノートを作ったり、ともかく読むだけでなく、その読んだ結果を手を使って書き残すということに没頭したものであった。

いまそのころ作ったカードやノートを見ると、いちいちの詳しいことは忘れてしまっていることも多いけれど、ただ、そのような作業によって、さまざまの知識を得、また言葉についてのセンスや勘のようなものが養われたことはまず疑いのないところである。

しこうして、若い頃に、柔軟な脳みそにそうやって目と手を使って書き込んだ知見は、半世紀近く経った今でも、ふっと記憶野《や》のなかから引き出すことができる。

もしこれをコンピュータ検索だけでやっていたら、おそらく私どもの脳はなにも記憶することなく通り過ぎてしまうに違いない。

コンピュータはあくまでも脳の延長であるべきで、私どもがコンピュータの手足になってしまっては本末転倒ということである。

そう思ってみると、この便利なことの功罪はなかなか深刻な問題を孕《はら》み、しょせん真の叡智《えいち》というものは、不便な試行錯誤的方法によってしか獲得できないというのが、私の信念に近い考え方である。

オブジェクトとしての書物

「本」という言葉は、もともと「物の本」と言ったものが縮まってできたと考えられる。物の本のモノは、たぶん「モノのけ」とか「モノごころ」「モノがなしい」などと言うときのモノと同じ語であって、精神とかスピリットとかいうような含意《がんい》の大和言葉である。すなわち、「モノの本」とは、精神や魂を涵養《かんよう》すべきその「もと」（素・基礎）となるもの、とでも言ったらよかろうか。

江戸時代まで遡《さかのぼ》ると、経書《けいしょ》など学問の基礎となる書物を扱う「物の本屋」と、娯楽のための本（これを「草紙《そうし》」と言った）を扱う「草紙屋」とはまったく別の商売で、交じり合うことはなかった。草紙のほうは物の本ではなくて、いわば娯楽に過ぎないというわけなのであった。

こういう区別が、おのずからその本の外形（書姿《しょし》とも言う）にも反映されたのは、蓋《けだ》し当然であったろう。

どう違ったかというと、物の本のほうは、まず大型（現代の書型でいうと小さくともB5判、大きいのはA4判ほどもあった）で、どっしりとした厚い表紙が付いている。そしてなにより値段がうんと高かった。

これに対して草紙のほうは、物の本の半分ほどの大きさ（現代のＢ６判から文庫本程度の大きさに当たる）で、ぺらぺらに薄く、表紙もまったく一枚っぺらのものが付けられているのが普通であった。

じつはこういう伝統的な書姿が、今もずっと受け継がれているところがあるということを、一般の人はあまり意識していないかもしれない。

しかし、考えてもみてほしい、西欧の本屋さんに行くと、たいていの一般書はペーパーバックのような軽便な装訂《そうてい》で行われ、ハードカバーのいわゆる上製本という姿の本は比較的に少ない。

そうして、本の料紙《りょうし》それ自体も、西欧の本は雑駁《ざっぱく》なザラ紙みたいな用紙であることが多いのに対して、日本の本の紙は上質なものを使うことがほとんどである。

こういう書姿のしからしむるところ、たとえば装訂デザインなども日本の本はカラフルで趣向を凝らしたものが多いのに対して、欧米の本ははるかにシンプルだという印象がある。

そこで普通の上製本が、いわばがっちりとできていてハンドバッグ等に入れて持ち歩くというのには不便だし、それなりに値が張るということもあって、大衆的な本は文庫という形になって再刊されることが当たり前である。

こういうことをわれわれは当たり前だと思っているが、じつは世界的に見ると決してそうではないのである。

またこういうこともある。つまり、同じ本でも、内容がアカデミックで高級なものになるにしたがって装訂は地味になり、単色無地の表紙にただ題名だけが印刷されている、というような姿になる。ところが内容が品下《しなくだ》るにしたがって、表紙の色彩は派手になり、目立つようにあざとく騒がしいデザインになってくる。

じつはこういう内容と外形の対応関係は、江戸時代も同じことであった。物の本は、多くは縹色《はなだいろ》（藍《あい》で染めた濃青色）無地の表紙に題名だけを印刷した紙片（これを題簽《だいせん》と言う）を貼り付ける、それだけであったが、草紙となると、安っぽいペラペラの装訂であるにもかかわらず、表紙は必ず色刷りの絵入りで、あれこれと人目を引くようにデザインされているのであった。

こういうふうに書物を貴賤《きせん》二分化して考えるのは、私ども日本人の精神的DNAに既《すで》に書き込まれていることのように考えられ、したがって、この書物への思い入れのありかたは時代が下っても容易に変わらない。

さて、世の中は電子本時代になった。

欧米では、もともと書物というものは、その「内容《テキスト》」を読むことが第一義であり最終目的であったから、多くの読者はペーパーバックの形で綴《つづ》られたテキストを読むことで満足するのであった。こういう思考傾向の人たちは、本が紙であることすら必ずしも必須のものとして求めない。電子の形で提供されるテキストでも、それが確実に読めるならいっこうに痛痒《つうよう》を感じないのであったが、日本人は、必ずしもそうではあるまい。

本を「愛蔵する」という趣味は、とくに日本人のお得意のところで、つまりはテキストよりも、モノとしての、言い換えればそこにスピリットが宿った尊い存在としての本を、どこかに意識しているところがある。

だからこそ日本では、きちんとデザインされ厚い表紙を付けてきっちりと製本された上製本が、今でも出版の主流なのであって、これがペーパーバックに取って代わられることはおそらくあるまい。ましてや、電子本のようにオブジェクトとしての実体のないものは、どうも「読んだ気がしない」と感じる人が、実際日本人には多いのではないかと思惟《しゆい》される。

だから、いくら電子本を盛大に宣伝しようとも、それが読書の主流になることは、たぶん日本ではあり得ない。手に持った感じ、紙の質、活字のデザイン、そういう書物全体としての質感というかクオリティというか重みというか、総じてモノとして「愛蔵愛玩する楽しさ」のような感覚を書物に求めるというDNA的感覚は、今後とも決して消えることはなかろうと、私は確信しているのである。

風格ということ

頭が良いとか悪いとか、力が強いとか弱いとか、あるいは顔が美しいとか醜《みにく》いとか、そういういわば「分かりやすい」個性は、まあ誰にでも見やすかろう。

それで、もし学校の成績が悪かったら、なに、せっせと勉強すればよろしい。それで六十点の成績を九十点に引き上げることは、じつはそれほど難しいことではない。またもし力が弱かったら、それも簡単、しかるべく運動をして筋骨を鍛え、また十分の栄養を摂《と》って強固《きょうこ》頑健《がんけん》なる肉体を涵養《かんよう》すればよろしかろう。顔の美醜《びしゅう》にこだわるのは愚《おろ》かしいことではあるが、しかし、できれば美しい顔でありたいとは思う。その場合は、せいぜい清潔を旨《むね》として自分磨きに励むのが捷径《しょうけい》であるに違いない。公正に見るところ、化粧やら整形手術などで顔を美しくできると思っているのは大いなる僻事《ひがごと》であって、顔を美しくするものは、ひとえにその人の内面の光だと私は信じて疑わない。それゆえ、美しい顔になりたいと思ったら、せいぜい真面目に勉強努力するのがよろしかろう。

しかしながら、たとえば、「風格」というような人間力は、どうであろうか。背が高いとか低いとか、学校の成績が良いとか悪いとか、顔が素敵だとかそうでないとか、そういう外見的なこととはまったく別のところで、ごく少数の人だけが、この「風格」という美質を身に帯びることを許されているように見える。

そうして困ったことに、風格というようなことは、さあ、なにをどうやって磨いたら身につくとか、そういうものではないし、また、じっさいの社会のなかで、「風格のある人だなあ」と頭の下がる思いがするような人物に会うことは、ほんとうに稀《まれ》である。

私ももう七十歳になった。ふつうならとっくに定年でリタイアしている年齢である。これまでに、ずいぶん多くの人に巡りあい、さまざまの師友《しゆう》を得たが、さるなかにも、最も風格のあった人となれば、慶應義塾大学国文科での師、森武之助《たけのすけ》先生に、まずは指を屈しなくてはなるまい。

幸いなことに、私は多くの立派な師匠がたにかわいがっていただいて、有形無形の学恩《がくおん》を蒙《こうむ》ったが、ただこの森先生だけは、私の心のなかで特別の存在である。

先生は、いつも悠々としておられた。「悠揚迫《ゆうようせま》らぬ風格」というのは、先生のようなご人体《じんてい》を指して言うのであろうと思われる。

学恩を蒙ったと言いながら、じつはそれほど多くのことをお教えいただいたわけではない。

ここのところがまた独特なのだが、なんと言ったらいいだろう、教えずして教える、というのが先生の教育の真骨頂《しんこっちょう》であった。

いまどきの大学教育は、だんだんと幼稚化してきて、大学生といえども手取り足取り、まるで中学高校の生徒に教えるようにしないと熱心な先生とは認められないらしい。まあ、そういうふうに文科省なども指導しているのだから、大学がそうなるのもしかたあるまい。

しかしながら、私どもが学生であった時分には、高校までの中等教育と、大学からの高等教育との間には、厳然たる位相差《いそうさ》があった。それはなにかというと、中等教育は「教える＝教えられる」関係、高等教育は「自ら学ぶ」のを助ける師弟関係とでも言ったらよかろうか。いわば戦前の旧制大学以来の古きよき教養主義とでもいうべきものが、辛《かろ》うじてまだ生き残っていたのである。

じっさい、森先生の授業は、とくに大学院での演習などは、ただ黙って聞いているだけ、という感じであった。すべては学生どもが必死に勉強をしていって、先生を前にその勉強の成果を発表する、すると先生は、じっと黙ってそれを聞いていて、もしある程度良い研究であれば、

「ま、そんなもんだろうね」

とおっしゃるだけであった。しかし、私どもの発表を聞いておられる先生の双眸《そうぼう》には独特の強い光があって、一切の嘘やごまかしは見抜いているぞ、という恐ろしさがあった。声を荒《あら》げたりすることは一切なさらなかったし、いつも温容春風《おんようしゅんぷう》のごとき雰囲気なのだが、その視

線には、極北の青氷《せいひょう》にも似た儼乎《げんこ》たる冷厳さがあった。

しかるに先生は古今独往《ここんどくおう》の大読書人であり、洋の東西、古典近代を問わず、たいていなんでも読んで知悉《ちしつ》しておられたので、こちらはごまかしようがなかったのである。

しかも、そういう文学研究の営為《えいい》というものを、いわば上質の「遊び」と見做《みな》していて、いかに多くの書物を読破していようとも、そんなことは別に偉くもなんともないと思っておられるようであった。多少の読書を鼻にかけて偉そうにするようなことは、だから、先生のもっとも軽侮《けいぶ》されたことであったと思われる。

かくて、私ども弟子たるものは、ただただ「無償の努力」としての勉強をして、少しでも先生に領《うなず》いていただきたい、その一心であったのだ。

これがいわば人としての「風格」というもので、それがために、私どもは、先生からは無言の薫陶《くんとう》を受けたに過ぎず、それでいて、人生でまた学問で、もっとも大切なことを学ばせていただいたのだと思っている。

高等教育というのは、ほんとうはそういうものなのだということを、大学人にも、また教育行政に当たる人たちにも、ぜひ気づいてもらいたいものである。

暴走する人たち

ダムができるまで、信濃大町《おおまち》から西へ入っていく高瀬渓谷というところは、細い谷の道が行き通うばかりの、ほんとうに平和な山里であった。

もう四十年以上も前、この別荘村で毎年の夏を過ごしていた頃には、なんの心配もなく、毎日早朝、その谷の道を葛《くず》温泉のほうまでジョギングをしたものだが、その時分は、こんな山裾まで熊が出て来ることはまずもってなかったし、秋になると赤とんぼが飛び交い、葛の花の咲き乱れる、およそのどかで安全な桃源郷であった。

しかし、その後、大町ダムという多目的ダムが造られると、美しい渓谷の相当部分は水没して、平和な山道は破却《はきゃく》され、あらたに工事用の立派な道路が造られた。

それはそれで便利にはなったけれど、山の生態系には相当の影響を与えたのではないかと想像される。

近年、夏といわず秋といわず、ねんじゅう人里に熊が降りてくるようになってしまったのも、そのことと無関係ではないかもしれない。

今では、家の近所を歩くときは熊よけのベルを常に携行し、熊は夜も活動するので、夜は原則として外に出ないということにした。

ともあれ、そうやって、家の中で静かに読書三昧の暮らしをして、都会生活に疲労した心を休めようと思っていたところ、週末の土曜日の夜、どうも聞き慣れない騒音がどこかから聞こえてくる。それは、わざと大きな排気音が出るように改造された自動車が何台か、大げさにタイヤを軋《きし》ませて山道を暴走している音らしい。

すぐに止むかと思って我慢していたのだが、これが二時間も三時間も、いっこうに止む気配がない。

じつは、この別荘村のすぐ上流にできた大町ダムの周辺には、谷の下のほうを通る旧道と、上のほうを通る新道とがあって、その間に、九十九折《つづらおり》になった工事用の連絡道路が造られもした。その結果としてつまり、このあたり全体は、一定の標高差のある曲折路がぐるりと一周している構造を形成することになったのである。

しかもあたりは熊の生息するような山で、人はほとんど住んでいないから、いわゆるサーキット族のような、ともかく曲折路でブイブイキイキイと言わせて暴走したい人にとっては、山岳サーキットともいうべき、金城湯池《きんじょうとうち》的道路構造になってしまったのであった。

夏の週末の夜というのは、どこでも暴走族が出現するゴールデンタイムであるが、まさかこんな山奥にも現れるとは想像もしていないことであった。しかし、じっさいこうして静かな夜を味わっていた耳に、その猛烈な排気音とタイヤの軋み音は、いやおうなく襲い掛かってきて、なんともいえぬ嫌な気がした。

こういう暴走行為をしているのは、おおむね若い者であろうけれど、万一それで事故でも起こせば、死人や大怪我が出るばかりか、どうかすれば炎上して山火事にでもなりかねない。

そんなことを思っていると、轟々《ごうごう》たる爆音と悲鳴のようなタイヤの軋みの錯綜《さくそう》が、どうしても気になって仕事も読書も手につかなくなった。

いや、それだって我慢していれば、いずれ気が済んで引き上げていくだろうけれど、しかし、万一なにかの都合で夜中にこの道を運転してきて、この暴走の狂乱に巻き込まれでもしたら、それは一大事である。

東京には大きな暴走グループがいくらもあって、警視庁交通機動隊もその取り締まりには、なみなみならぬ努力をしているようだけれど、信州のこんな山奥では、警察の目も届かず、暴走はやりたい放題なのであった。

かつて私は、東京の自宅の近くで大きな暴走族の群れに遭遇してしまったことがあるのだが、それはもう生きた心地がしなかった。

四方八方奇矯《ききょう》な出《い》で立ちの若い者たちが、へんてこに改造した暴走車を連ねて信号も通行区分も一切無視して道幅いっぱいに飛ばしてくる。私は恐ろしさに車を止めて、連中が通りすぎていってくれるのを祈るばかりであったが、ただそうやって止まっているだけでも、連中には目障りなのであろう、オートバイの男らに、車を蹴飛ばされて、ほんとうに怖かった。

以前また、これは真っ昼間であったが、東大和市にある多摩湖の周回道路で暴走グループに遭遇したこともある。それは、まるでサーキットのレーサー気取りで、センターラインもなにも無視して道幅いっぱいに猛スピードでやってくる。一つ間違えば正面衝突で、命の危険すらあった。

そういうことを思い出すような深夜の爆音が、本来静かであるはずの山荘の窓辺に、数時間ものあいだ途切れなく届いてくるのである。

これもまた、ダム建設にともなって生まれてきた、もう一つの副作用なのであろう。

態は、こちらが気をつけていれば、それほど大きな危険もないけれど、暴走族のほうはそうはいかぬ。彼らのほうにも暴走せずにはいられないフラストレーションなどがあるのかもしれないが、それは本来のサーキットで発散してもらわなくてはならぬ。

無法を極めた凶悪な騒音を、情けない思いで聞きながら、つくづく平和だった昔が恋しくなった。

アイドルという職業

言葉は世に連れ、であるから、時代が変わるほどにその使用法が変化してくるのは、これはもう当然のこと、その変化のなかにこそ言語というものの実相があると言っても間違いではあるまい。

そんなことは、十分承知ながら、それでもなにかこう容認しがたい「ことばの捻《ね》じ曲げ」というものがあるのは、いつも心に魚の骨のようにひっかかる。

たとえば、collaboration《コラボレーション》という言葉がある。もともとはラテン語で「共に」という意味のcolと、働くという意味のlaborとがいっしょになったところからできた言葉で、文字通り「共に働いた成果」つまり、「共作、共同制作」などの営為を表す言葉にほかならぬ。

それが、この頃はたとえば、「カボチャとチーズのコラボ」なんて言い方をしばしば耳にする。たしかに、カボチャとチーズがともに働いてそのカボチャケーキができているにはちがいないが、こういうふうに二つのモノを混ぜて成った物をコラボなどと言うのは、いかにも無理やりな言い方としか思えぬ。

また「アイドル」という言葉も、どんどん妙な方向に捻じ曲げられて使われているように思われる。

アイドルは、もともとラテン語の idolum に由来する言葉で、信仰の対象とされる偶像などを言う言葉であったが、崇敬《すうけい》・憧憬《しょうけい》の的《まと》となるような優れた人物にも言う言葉として使われるようになった。さらにそこから、みんなの憧れの的となるスターを指すようにもなる、これも自然な流れに適《かな》った用法と見てもよろしかろう。

すなわち、昭和の若者たちの偶像であった吉永小百合や山口百恵のような人たちを指してアイドルと言ったのは、まさに一般の我々とは別次元の崇拝対象であったから、これはまことに正しい使われ方であった。

ところが現代は、吉永小百合、石原裕次郎のような超絶的なスターに代わって、たとえばSMAPとか嵐とかいうようなグループがアイドルの座を占めた。

歌のほうでは、美空ひばりみたいな圧倒的な存在に代わって、今はAKB48、モーニング娘。とかいうような、集団で一つのスター像を形成するという行き方が幅を利かせるようになった。

そこで、AKBを例にとって観察してみると、このグループは、つねに新陳代謝しつつ、全体として一定のアイドル(群)を形成している。すなわち「卒業」して去っていく人があれば、その分、下部の予備軍から人材を補充して全体として存在し続ける、そういうシステムになっているようである。

思えば、集団としてのアイドル(群)と、卒業による新陳代謝というのは、古く宝塚歌劇団が作り出したシステムであった。トップスターと呼ばれる人は、やがて退団して、次のトップスターにその座を譲る。そうすることによって、次々と新しい血を補充して、ファンもそれにつれて新陳代謝していくから、全体としては「永遠に不滅」なのである。

が、この擬似《ぎじ》宝塚システムであるAKBは、未曾有《みぞう》の大成功を収め、いまや大阪難波のNMBやら博多HKTあるいは名古屋栄のSKEやら、はてはジャカルタJKTなどというのまで作られて、あたかも燎原《りょうげん》の火のごとく無限拡大していくように見える。

こうなると、なにしろ舞台狭しと何十人という女の子たちが歌ったり踊ったりしているわけで、その一人ひとりの顔までは、私どもには到底識別できかねるということになった。この千体仏的アイドル!

この趨勢《すうせい》にヒントを得て、その亜流、亜亜流、亜亜亜流と、次々に謂《い》うところのアイドルグループが誕生し、しまいには、おらが町の町おこしに役立てようというわけで、各地にローカルのアイドルグループが続々と募集され、雨後の筍《たけのこ》の如く出現する騒ぎとなった。

なにしろテレビに出て有名になりたいという少年少女は掃いて捨てるほどいるから、こういうグループを作るためにオーディションでもすれば、雲霞《うんか》のごとく自薦他薦の候補が群がってくる。そこで、さしたる才能もなく、それほどの美貌もスタイルも必要とせず、ましてや特段の訓練も施さずに、即席に何人かの少女を束ねて、テキトーな歌を歌わせ、踊りを踊らせる「地元アイドルグループ」が出来あがるということになった。

つい最近もテレビを見ていたら、スタイルも美貌もまったく「普通」の少女たちが、不可思議なるシナを作りながら「○○でーす、アイドルしてまーす！」ってなことを言うのを聞いて、私は腰を抜かしそうになった。

ここに至って、ついにアイドルという言葉は、崇拝も憧憬も才能も美貌も関係なく、その本義を逸脱すること遥かに遠い、奇ッ怪なる言葉に堕落し果てたと言うべきであろう。

よろしいか、アイドルは、決して「アイドルする」というものではない。自らアイドルになるなんてことはあり得ないので、多くの人がその特別の才幹美貌などを認め、偶像視して初めてアイドルたり得るのだが……。

いやいや、こんなことを言うのは、もはや時代に取り残された小言老人というべきなのであろう、と私はひそかに微苦笑せざるを得ないのである。

ラグビーの爽やかな風

ラグビーのワールドカップが、ついに日本にやってきた。まるで夢のようである。かつて、まだ高校生の時分には、紅顔のラグビー少年であった私としては、まことに心躍ることであった。

元来、ラグビーという競技の淵源《えんげん》は、イギリスのパブリックスクール、ラグビー校に求められるとされる。その発祥からして、アマチュアリズムに基づく紳士のスポーツという性格が強かったが、現在では、他のスポーツ同様、プロとアマチュア両様の世界的スポーツとなった。

しかし、ワールドカップの試合を眺めていると、まだ往古の紳士のスポーツとしてのDNAが、なお脈々と息づいているように感じられる。

サッカーは、ナショナリズムを背負っての「代理戦争」的な側面が抜き難く、それゆえ、例のフーリガンのような暴力的ファンまで出現するのだが、ラグビーではそういうことはほとんど聞いたことがない。観客席は、両軍渾然一体となって座り、敵味方とも、もし見事なプレイによって、鮮やかなトライを挙げようものなら、総員惜しみなく拍手喝采を送って、プレイヤーを賞讃する。そこには、狭量なナショナリズムなどは感じられず、純粋にフェアプレイを賞讃する善意が息づいている。

また、現代のラグビーは、ほんとうにインターナショナルで、選手にそれぞれの国の国籍を有することを求めていない。両親または祖父母のいずれか一人がその国の人であるか、三年以上当該の国に継続して住んでいるか、この条件を満たせば純然たる外国人でもナショナルチームの一員として闘うことができるのである。

現に日本チームの主将リーチ・マイケルは、ニュージーランド人であるが、十五歳のときから日本に留学して、無論日本語は自由自在、いまでは日本国籍を取得している。じっさい、この人にはなんだか古武士《こぶし》のような風格があり、温厚篤実《おんこうとくじつ》なるところ、日本人よりも日本人らしい感じがする。リーチだけでなく、日本チームで活躍している外国出身の選手たちは、単に金銭契約で闘っているという傭兵《ようへい》的な感覚ではなくて、むしろ日本に充分のリスペクトを持ち、心から日本のために死力を尽くして闘ってくれているという感じがして、頭が下がる。

日本チームは、練習に先立って『君が代』斉唱の稽古をし、日本的なマインドを身に帯びている。

最初は、「なーんだ、日本代表チームったって外人ばかり多いじゃないか」といささか違和感を感じたものだが、だんだんと見ていくうちに、そんな違和感はどこかへふっとんで、無条件でこの多彩な血を持ったチームを、われらが代表として応援している自分に気がつく。

考えてみると、ラグビーは、「多様性」のスポーツで、大柄、小柄、太り肉《じし》、やせ形、俊敏、重厚、さまざまな人間が十五人、渾然一体となって一つのゴールを目指す。だから、体が小さくても、スクラムハーフとして縦横の活躍ができるし、相撲取りのような体格なら重量フォワードとして闘いの先頭に立つ。俊足はバックスで敵陣を抜いて走り、筋骨頑丈ならばタックルでディフェンスの要《かなめ》となることもできる。そうして、仮に俊足のウイングが華麗な走りを見せてトライを挙げるとしても、それは、他の十四人が一致団結して楕円球を確保し、パスを繫いで、くだんの俊足ウイングに走らせるように力を合わせた結果なのである。だから、一つのトライは一人のトライではなく、常に十五人共同のトライなのだ。

ここに、ラグビーのもっとも爽やかな性格がある。

爽やかといえば、ラグビーはサッカーよりもはるかに接触の多い格闘的球技だが、その割には怪我が少ないように感じる。あのタックルという技にしても、直接頭部などにタックルすることは厳しく禁じられているし、案外とラフプレイということがない。あれはあれで紳士的に格闘し、球を奪い合いして、闘っているのである。

さらに、私の見るところ、ラグビーのレフェリーは、サッカーなどと比べると、はるかに公正であるように思う。どこで試合をしても、いわゆる「アラブの笛」みたいなことは感じられない。格調高く、真摯に、冷静に、すべてを見抜きながら、丁寧に説明を与えて判定する、そういう真にプロフェッショナルな審判だなあと感じるのである。かつては、原則としてラグビーでは主審の判定に不服でも、抗議することは許されていなかった。しかし、その伝統のしからしむるところか、この判定は依怙贔屓《えこひいき》じゃないかと感じることはほとんどない。それがまた気持ち良いのである。

そして、試合が終われば「ノー・サイド」、今や敵味方の区別は一切なしと、相互に相手の健闘を讃え、グラウンドの中も観客席も和気藹々《わきあいあい》たる空気のうちに試合が終わる。今回のワールドカップの試合でも、ノーサイドになると、外国の選手たちが、敵味方関係なく応援してくれた観客席に向かって、礼儀正しく日本式のお辞儀をする、そんなところも、他のスポーツにはない味わいがある。

一見するとハードで危険に見えるので、今は敬遠されてしまって、ラグビー少年も昔より激減してしまった結果、わが母校都立戸山高校では、ラグビー部そのものが消滅してしまったけれど、こういう紳士的な本質を知り、その爽やかな後味を味わって、ぜひラグビーに志す少年少女たちが増えてほしいものだと、切に願うのである。

やめたほうがよい

毎年、年が明けるとまもなく「成人の日」がやってくる。もともと小正月《こしょうがつ》を期《き》して元服《げんぷく》の儀《ぎ》を執《と》り行ったという故事に準《なぞら》えて一月十五日を成人の日の祝日に定めてあったのだが、二〇〇〇年になったのを境に、一月の第二月曜日を以《もっ》てこれに替えるということになった。なぜそんな変更をしなくてはならなかったのか、私にはまったく理解のほかであるが、それはまあよい。

問題は、この成人の日に、各地の自治体が開催する成人式の式典だ。

はるかな昔、私の成人の年にも、その式典への招待状が市役所から届いた。が、むろんのこと、私はそんな式典には一切出なかった。無意味なことだと思ったからだ。そうして、なぜさような式典を自治体がやらなければいけないのか、その理由が知りたいものだと、ずっと思っている。

そもそも、式典に出なかったからといって、私が成人としての自覚を欠く人間になったわけでもなく、反対に、式典に出席した人がすべて、その式典を機会として成人の自覚を感得《かんとく》するに至ったというわけでもなかろう。

ニュースで見る限り、市長だとか町長だとかいうような自治体の首長《しゅちょう》が、壇上から麗々《れいれい》しく「これより諸君は、一人前の大人としての自覚を以て、それぞれの人生を責任感を持って生きていってほしい」など、教訓めいた式辞を述べて、なにか記念品でも配るのであろう。

さて、そんなことにほんとうに意味があるだろうか。

それどころか、近年の、謂うところの成人式においては、式辞を述べようとした市長を突き飛ばしてマイクを奪い、壇上を占拠して悪ふざけをしようという不逞《ふてい》の輩《やから》が現れ、市の職員を狼狽《ろうばい》させてみたり、そうかと思うと、式典の会場の外で、新成人の男が新成人の男を酒のガラス瓶で殴ったり蹴ったりして重体の大怪我を負わせたり、およそ「一人前の大人としての自覚」など程遠い悪事が横行しているではないか。

そんなふざけた連中ばかりでないことは当然ながら、ただ女性は派手な振り袖に白いファーのストールなど、みんな同じような格好をし、男は男で、滑稽時代劇のバカ殿じゃなかろうかと思うようなキンキラキンの紋付き袴であったり、どうもいっこうに成人らしくもないのは、むしろ滑稽と言わねばならぬ。

しかも、かかる悪ふざけをしてニュースを賑わせる輩は、成人になったからというので大威張りで酒を呷《あお》り、生酔《なまよ》いの勢いで、乱暴狼藉《らんぼうろうぜき》を働くのが大半であるらしく思われる。

日本の青年たちは、大多数は真面目な生活を送っていて、それぞれの人生に真剣に向き合っているに違いないが、たまさか、こうした不真面目な分子が混じっていて、これみよがしの悶《もん》着《ちゃく》を起こすものであろう。案ずるに、そういう不逞分子は、暴走族とか、チンピラとかいう連中で、日頃からいずれ不真面目な生活をしているのに違いなく、真面目な青年が突然にああいう挙動に出るなどということは、まずもって考えにくい。

そうして、かかるみっともないニュースが、毎年報道されると、畢竟《ひっきょう》それは世界中に配信されて、日本の成人青年というのは、なんという幼稚で不真面目な連中であろうかと、世界の失笑を買うことにもなろう。

とすると、世界の注目する場で、あえて乱暴狼藉を働いて注目を浴びたい、それでいっそヒーロー気取りをしてみたい、そんな粗末な考えの者たちに、ああいう式典が絶好の売名機会を与えてしまっているのである。

私の信ずるところ、成人を祝うのは、家庭の行事であり、あるいは個人の行事である。なにもそんなところに「おおやけ」が出しゃばってくる必要はあるまい。

なかには、ディズニーランドのようなところへ新成人諸君を招待して、なにやら遠足のような成人式をする自治体もあるやに仄聞《そくぶん》するが、それもおかしな話である。ディズニーランドと成人の自覚と、そもそもなんの関係があるであろう。こういうのは安易なる人気取り、いわゆるポピュリズム的思考というもので、決して成人式本来のありようではない。しかもよくよく考えてみれば、「新成人なんていっても、ディズニーランドでも見せてやれば喜んでるだろう」という、成人に対する軽視的思い込みすら感じられる。

遊びに行くなら、自分の金で行くべきで、自治体の税金でそんなことをするのは本末転倒である。

だから、私は、戦後まもなくのみんなが貧しかった時代でもあるまいし、もういくらなんでも、かような自治体の式典そのものを廃して、もっとましな用途に予算を振り向けたらよさそうなものだと考える。

たとえば、法学者を招聘《しょうへい》して日本国の法的体系についての講義をしてもらうとか、あるいは、成人になった機会に飲酒が許可されるといっても、無制限に飲酒を続ければ、そこにどんな健康上の問題が生ずるか、さらには喫煙が許されるといっても、社会的にまた生理学的に、タバコなどは吸わぬにかぎるということを、しかるべき医師に講義してもらうとか、そういうことに力を尽くしたらよい。そのうえで、お祭り騒ぎのようなみっともない成人式など、もうぜひやめにしてもらいたいものである。

与える、もらう

なんだか「居心地の悪い言葉」というのがある。

最近では、スポーツ選手などが発する言葉で、「自分ががんばって良い結果を出し、それで被災地の皆さんに元気を与えたい」というような言いかたを、けっこうあちこちで耳にする。が、この言葉を聞くと、私などは、正直いって「ずいぶん傲慢《ごうまん》な言いかたをするなあ」と思わずにはいられない。選手自身は決してそんなつもりはないのであろうけれど……。

もともと、「与える」という言葉は、どんな場合にも使えるというわけではない。たとえば、

「父から子へ与えたものは……」

「これはまったく天の与えた幸運」

というようには言うことができるが、

「息子から父へ与える贈り物」

「仏様に与える花」

などと言うことは原則的にできない。つまりこれは普通の言語感覚からすると、目上の者か

ら目下の者に対してなにかを取らせることであって、その逆には使えないのである。

こういう位相的な特異性を持った言葉はけっこうあって、たとえばまた「あげる・やる」という語の使い分けなども同様であった。

「あげる」は、文字通り、下の者から上の者へ「あげる」のであって、以前は、その逆には使わなかった。上の者から下の者へ遣《つか》わすときは「やる」と言うのが原則だったからである。

ところが、この頃はこういう言語の使い分けが限りなく曖昧になってしまって、たとえば、

「子供にプレゼントをあげた」

などというのは、もう違和感すら感じなくなっている。甚《はなは》だしいのは、人格を持たない物に対してさえ、

「はい、よく材料を混ぜてあげてください」

みたいな言いかたが平然と使われるようになっていることだ。なんだかとてもお尻がムズ痒《がゆ》いような感じがするのだが、どうであろうか。

さて、その「元気を与える」であるが、さらに甚だしいのは、

「国民に勇気を与えられるようにがんばります」

というようなことまで言う人もある。まあ、悪気はないのであろうけれど、こういう言いかたが適切なのは、戦後昭和天皇が諸国を行幸《ぎょうこう》されて、そのことで「国民に大いに元気と勇気

を与えた」、というような場合であって、それはとりもなおさず、天皇という存在の歴史的な特殊性によるのである。すなわち、昔から天皇というものは、常に国民の幸福や国の繁栄を祈る、それを職掌《しょくしょう》としてきた特別の存在だったからである。

しかし、選手がいかに良い成績を出したとしても、「国民に勇気を与える」というよう表現を使うのはちょっと違うぞ、と私は思う。いや、それは非常に尊大な言いかたになってしまうということに、ぜひもう少し注意をしてもらいたいのである。

そこでたとえば、

「私が良い結果を出すことで、郷里の皆さんに少しでも喜んでいただけたら嬉しいです」

というような言いかただったらなんの問題もない。

これと同様の一対として使われるのが、

「もらう・いただく」

という語である。

そこでまた、こんなことを言う人も少なくない。

「○○選手の活躍から、たくさん元気をもらいました」

と。これは一種現代の流行語のようなものだから、いちいち目くじらを立てるほどのことではないのかもしれないが、どうもやはり違和感がある。元気とか、勇気とかいうのは、人に

「与えられる・もらう」ものだろうか、と、ふと首をかしげたくなるのである。

　すくなくとも私自身は、たとえば、なでしこジャパンがワールドカップで優勝したようなとき、たしかに嬉しくもあり、興奮もしたけれど、だからといって、それは自分に勇気をくれたとも、もらったとも思わない。偉いなあ、よくがんばったなあ、という賞賛の気持ちは十分にあったけれど、ただそれだけのことで、自分が元気になるかどうかは、また別の問題である。

　つまり、勇気とか元気とかいうものは、人からもらったり与えられたりするものではなくて、もっと主体的な努力とか練習とかによって、苦しみながら自信を付けていくと、結果的に勇気が湧き、元気が出てくる、そんなものではないかと思うのである。一時的に、応援よろしくあって、みんなで大声を出して元気になったように見えても、それは一時的現象であって、かりそめの元気や勇気に過ぎぬ。

　ほんとうの勇気や元気は、努力もなくして一朝一夕《いっちょういっせき》に得られるものではない。だから人から「もらえる」ものではないと、私は思う。それゆえ、より正しくは、

「さあ、選手の皆さんもがんばってください。私も自分の世界で元気にがんばりますから」

　とでも言うべきものではなかろうか……。

婚礼の理想と現実

たかだかここ三、四十年くらいの間に、結婚式をめぐる状況というか、意識というか、風習というか、なにもかもが一変してしまったという感じがする。

まず、仲人《なこうど》というものが消えた。いや、そのこと自体は、私はちっとも構わないと思っている。なにしろ、婚礼の仲人といっても、ながらく形骸化《けいがいか》していて、ほとんど意味もなく新郎新婦の横に座っているという感じであったから、これが居なくなったのは、むしろ簡単になってよかったかもしれない。

もともと、仲人というものは、結婚が「家と家」の縁結びであった時代に、その身元保証人的な役割を果していたのだから、結婚のありようが「個人と個人」になってしまった今は、もはやその歴史的使命を終えたと見るのは正当である。

されば、その形式的存在に過ぎない仲人を、誰にするかで揉《も》めたりもし、また実際上お礼だご祝儀だと金銭的な面倒もあるから、きれいさっぱり廃止する行き方のほうが理に適《かな》っていると、私は思う。

しかし、では婚礼そのものが昔にくらべて簡略化されて大げさなことはしなくなったのかというと……まあこれは地域差もあることで、一概には言えないけれど、少なくとも東京で私の周囲を見ている限りでは、特段簡略化されたというようには見えない。それどころか、むしろ大げさになって、披露宴の時間なども以前より長時間に亙《わた》ることが多くなっているような気がするのである。

しかも、最近の結婚披露宴では、どうもあまり感心しないなあと思えることもある。

「余興」というやつである。いや、余興といっても、ちゃんと芸になっているものを披露されるのは、見聞しているほうも楽しいし、悪いことではない。現に、私がもう三十年余り前に参列した友人の結婚式で、新郎の大学時代の恩師が、本職はだしの見事なテノールで朗々《ろうろう》と歌を歌ったのは、まことに良かった。それは深く心に染み込んで、今に忘れない。またある教え子の披露宴では、新婦の友達が一流のヴァイオリニストで、『愛の挨拶』などを弾いてくれたのは、これまた掛け替えのない思い出となった。

問題は、そういうちゃんとした芸になっていない、素人の悪ふざけに近い余興で、これがまことに閉口する。そのときどきにテレビで流行っているような芸、すなわち「恋ダンス」、あるいはピコ太郎の「ＰＰＡＰ」みたいなものを、ただわけもなく真似して踊ったりし、それをビデオに撮って延々と流したり、そういうのは、ぜひ願い下げにしたい。

いかに披露「宴」とはいえ、ことは人生の一大事たる厳粛な儀礼の一環である。それが悪ふざけばかりであってよいはずはなかろう。どうしてそんなことで、祝意を表現し得ると考えるのか、私には理解の外《ほか》である。

また、以前は主賓《しゅひん》の挨拶に始まって、次々と知友たちが祝辞を贈るというのが常の型であったけれど、これも、延々とつまらぬことを演舌《えんぜつ》する人もいて、それはそれで退屈で弱った覚えがいくらもある。とはいえしかし、そういうスピーチを聞くことで、新郎なり新婦なりの生い立ちや人柄や仕事の様子を知ることができたし、なかには真心のこもった思い出話などを訥々《とつとつ》と語って、いかにも祝意の感じられるスピーチだってあった。

ところが、最近は、知友がたのスピーチもほとんどなくしてしまって、主賓が挨拶をしたら、あとはもうひたすら友達や同僚たちの「余興」ビデオなどが延々と続いたりすることがある。こういうのは祝意もなにも感じられず、新郎新婦の人柄も出席者にはよく分からず、要するに自分たちばかりが面白がっているに過ぎぬ。かかる詰まらない楽屋落ちの余興は、まことに遺憾千万《いかんせんばん》である。

口べただっていいから、心を込めて新郎新婦の幸せを祈る言葉を贈る、そういう「心」を「言葉」で贈るということがあらまほしいが、どうやら最近の若い人たちは、言葉に対する信頼と敬意がひどく衰弱してしまっているとしか私には思えないのである。

かつてイギリスで、ふつうの庶民の家の結婚式に招かれたときに見たのは、質素な教会での式典と、それから地元のスポーツクラブの集会室に、お母さんはじめ一家総出で手作りにしたお料理を運び込んで、みんなでそれを自由に食べながら、和気靄々《わきあいあい》と語り合い、ダンスを踊る、そんなふんわりと心豊かな結婚式であった。

時移って、私の娘がアメリカ人青年と結婚することになったときも、ヴァージニアの田舎の教会で式を挙げて、それから教会付属の集会室に、簡単なケータリングを頼んで、酒もタバコも一切なく、ただ善意の横溢《おういつ》するパーティでお喋《しゃべ》りをして時を移す、そんな結婚式で、式典こそ厳粛《げんしゅく》で盛大であったけれど、全体にかかった費用はわずか三十五万円ほどであったことも思い出される。

ところが、日本でそういうことをやろうとしても、なかなか難しい。結婚式産業お仕着せの「型」があって、ともかく何百万円もの金を使わされるようになっている。

別に御馳走《ごちそう》などしてくれなくてもいい、もっとこう質素で、真面目で、そしてしっくりと心に残るような「内容」をもった式と披露宴を、お金などかけずにやる、そうあって欲しいものだと、私はつくづく思うのである。

嗤《わら》うべき俗語

近年、テレビとか週刊誌とか、その種の通俗なメディアを時々に賑わしては、また消えていく妙な造語の一群がある。

曰《いわ》く「山ガール」
曰く「力女《りきじょ》」
曰く「直帰《ちょっき》女子」
曰く「弁当男子」
曰く「草食系男子」
曰く「肉食系女子」
曰く「歴女《れきじょ》」
曰く「リケジョ」

きりがないからこのくらいにしておくけれど、探せばまだまだこの手の造語が出てくるであろう。私は、なにやら気の利《き》いたつもりで、かかる愚かしい言葉を作って得々としているテレビや雑誌の制作者たちの心根《こころね》を憎む。

こんなことを言って、なにが面白いのだろう。

どんな意味があるのだろう。

まず、これらの言葉を通覧すると、一つのことに気付くであろう。

たとえば、山ガール、というとき、そこには「女だてらに山に登る娘たち」というような含《がん》意《い》があることに注意せよ。むかしから、登山を趣味として常住《じょうじゅう》山歩きをする女性はいくらもいた。しかし、そういう人たちのことを山ガールなどとは決して言わない。この山ガールという言葉を使う背後には、そういう本格的な登山好きの女性ではない、きのうきょうテレビなどの使嗾《そそのかし》に乗せられて、にわかに派手な「登山ルック」に身を固め、大した訓練もなく山に登っていく軽薄な女の子たち、とでもいうような揶揄《やゆ》的な意識が伏在《ふくざい》している。

「力女」だってそうだ。これは、なんでも新進のイケメン力士（このイケメンなんて言葉もじつに軽薄です）なんぞに入れあげるあまり、にわかに相撲場所に足を運び、相撲グッズの店で、力士箸置きなどを買って帰る女の子たちを言うらしい。力士好き女子、略して力女なのであろう。

つぎに「直帰女子」は、会社からまっすぐに帰って一人でビールでも舐めながら寂しく孤《こ》食《しょく》をする女性会社員を言う言葉らしい。この直帰女子という言い方をするとき、実家住まいをしている箱入り娘が、まっすぐに家に帰る、というような場合は含まれていないので、その背後には、「若い身空《みそら》で、直帰に孤食とは嘆《なげ》かわしい」とでもいうような侮蔑《ぶべつ》的な意識があるに違いない。

「肉食系女子」は、「草食系男子」と一対になった言葉で、草食系男子が、男のくせに女みたいになよなよとしてひ弱なやつ、という軽蔑的意識を含むのに対して、肉食系女子は、女だてらにまるでムンムンと鼻血の出そうな男みたいに血眼《ちまなこ》で男漁《おとこあさ》りをする淫蕩《いんとう》なやつ、という揶《から》揄《か》いの心が仄見《ほのみ》える言い方である。

「弁当男子」なんてのもそうだ。

男は、独身であれば弁当などは持ってこないのが当然であるという意識を裏切って、独身の男が自分でせっせと弁当を手作りして会社に持参するというような場合を指してからかい気味に言う、そういう言葉である。

こういう言い方の反措定《はんそてい》に、自分でお弁当を手作りしてくる女性を指して、健気で理想的なお嫁さん候補と見做《みな》すような古臭い意識がある。その反対が弁当男子であるから、まあそんなことでは、嫁の来手《きて》もあるまいな、というような斜眼視《しゃがんし》的なところが感じられる。

「歴女」というのは、言うところの歴史好き女子、というもので、たとえば戦国武将マニアなんてのがこれに当たる。しかし、この戦国武将好きを一皮剝《む》いてみれば、そこには、戦国武将ゲームのようなコンピュータゲームの流行とか、それを煽《あお》る漫画劇画の存在がある。したがって、大学の史学科できちんと日本史を学んでいる女子学生などは、この語のうちには含まれないという暗黙の了解がありそうである。

要するにそれは、今までは歴史、さらに言うならば歴史小説などは男の好むものという思い込みがあって、その男の世界に闖入《ちんにゅう》してきた女の子たち、という認識があるように思われる。だから、「リケジョ」なんていう言い方も同じことで、もとよりこれは理系女子と言うべきものだが、理系女子というとあまりにも当たり前の言葉に見えてしまうので、わざわざ歴女や力女などと同様にうんと略して流行語めかしたのであろう。こういうことを言う人は、理系は男の世界、女は文化系におとなしくしていろ、とでもいうような女性蔑視的意識を心のどこかに居座らせている。

これらを総ぐるみにして申そうなら、いずれもジェンダー的意識がこういうくだらぬことを言わせるのだという、そのことにぜひ注意しなくてはならぬ。

そうして、こんなことを平気で言わせておくばかりか、その時流に投じて、みずから付和雷同《ふわらいどう》し、格好ばかりの「○○女子」やら「××ジョ」やらを演じている女性たちには、ぜひこのけしからぬ差別意識を自覚し、自己批判してもらわなくてはならぬ。やれやれ、こんなことでは、男女共同参画なんていっても、しょせんは画餅《がべい》というもの、げに情けないとは思わぬか。

5

リンボウ先生、道を説く

礼にあらざれば

いつだったか、こんなことがあった。

あるターミナル駅で、客たちが二列に並んで電車の入線するのを待っていた。昼間のことで、各入口に並んでいた人の数はそれぞれ、七、八人程度であったろうか。

やがて電車が入ってきて、ドアが開いた。

そのとき、小学校高学年くらいの男の子が走ってきて、並んでいた人を尻目に真っ先に駆け込もうとした。

おやおや、お行儀の悪い子だと思って眉をしかめて見ていたら、その列の一番前に並んでいた中年の男が、

「こらぁっ！」

と叫ぶが早いか、いきなり少年を張り飛ばした。

少年はひっくり返り、泣きべそを搔《か》いたが、そこに実はこの少年の母親もいた。母親は柳眉《りゅうび》を逆立《さかだ》てて、

「いきなりなにをするんですかっ！」

と言い返すと、わが子をひしと抱き寄せた。

すると男は、

「てめえのガキくらい、ちゃんと躾《しつ》けとけっ！」

と、声を荒《あら》らげて怒鳴りつけた。このやりとりを見ていて、私はふと『論語』の一節を思いだした。

『論語』顔淵《がんえん》第十二に、こうある。

「子曰《しのたま》はく、礼に非《あら》ざれば視《み》る勿《なか》れ、礼に非ざれば聴《き》く勿れ、礼に非ざれば言ふ勿れ、礼に非ざれば動く勿れ」

孔子の高弟《こうてい》・顔淵が「仁とはなんでしょうか」と問うたのに対して、条々事《じょうじょうこと》を分けて孔子が説いたのが、この一節である。

人の世というものは、ややもすれば恣意放縦《しいほうしょう》に流れやすい。己《おのれ》の言いたいことを言い、したいことをすれば、すなわちそこに軋轢《あつれき》が生ずるであろう。だから、仁というものは、まず己の恣《ほしい》ままに行動するのでなくて、そのやりたいこと言いたいことを、ぐっと抑える、すなわち克己《こっき》の心を以《もっ》て生きる、そうすれば礼に適《かな》った生活に立ち戻り、仁に近づく、と孔子は教えた。すると顔淵が、もう少し詳しく分析的に教えてくれませんかと問うたことに対して、孔子

がこう諭《さと》したのである。すなわち、

「礼に適《かな》わないことだと思ったら視ないようにしよう、礼に適わないことだと思ったら聴かないようにしよう、礼に適わないことだと思ったら言わないようにしよう、礼に適わないことだと思ったら行動しないようにしよう」

こうすれば、おのずから仁に近い生き方ができるだろう、とそれが孔子の嚙《か》んで含めるような教諭であった。

この言葉は私の座右《ざゆう》の銘である。どうしても、人はカッとして克己心を忘れ、口に荒々しいことを言ったりしがちなものだ。そういう礼に外《はず》れたことを言った場合、それを耳にした相手は、きっと不愉快の念に襲われて、こちらが何を言おうと聞き入れてはくれまい。いや、聞き入れぬばかりか、おそらく相手はこちらを見下げ果てた奴だと思って、一挙に信頼を失う結果となるのは目に見えてある。

私自身も、とかく短気で直 情的《ちょくじょうてき》な性格だから、ややもすれば、そういう礼に外《はず》れた言葉を投げつけたりすることをしがちである。いけないことだと、後になっていたく反省もし、心《こころ》屈《くっ》しもするのだが、言葉というものは、汗のようなもので、いったん出てしまったら、決してもとに戻すことはできぬ。だからこそ、ほんとうに口は慎まなくてはいけないなあと、常日ごろから自分に言い聞かせているのだが、それでもなかなか礼に適った言動だけで生きて行くことは難しい。

さて、こう教えられて顔淵は次のように答えた。

「回《かい》不敏《ふびん》なりと雖《いへど》も、請《こ》ふ、斯《こ》の語を事《こと》とせんことを」

わたくしは、もとより出来の良くない人間ではございますが、せいぜいこのお教えを日々に服膺《ふくよう》させてくださいますように、と謙遜な顔淵はそう答えたのである。おそらく顔淵は、このことは、なかなか現実の暮らしのなかで厳密に実行することが難しいと思ったのでもあろう。それで、せいぜいそうするように努力したいと、そんなふうに答えたのである。

さて、そこで、冒頭の電車の一件に立ち戻る。

この場合、たしかに、並んでいる人を無視して横合いから飛び込もうとした少年は行儀が悪い。礼に適わぬものと言わねばならぬ。その意味で少年は叱られても仕方ないし、こういう行動を野放図《のほうず》に許している母親も、見識に欠けるという謗《そし》りを免《まぬか》れぬであろう。

しかしながら、この少年の行為に礼を以て教えることなく、いきなり乱暴に張り飛ばして、怒鳴りつけた男の行為は、まさに礼に外れていること、横合いから走り込もうとした少年の非礼にもまさる。

ここでこの男がまさに為すべかりしことは、横合いから入ろうとした少年を手で遮《さえぎ》るなりして、静かにその少年の目を見ながら、

「みんな並んでいるのだよ。後ろに並びなさい」

と静かに、かつ儼乎《げんこ》として諭《さと》すことでなければならなかった。それが、こうして突然に暴力をふるい、あまつさえその母親に対して口汚く罵《ののし》った、すなわち礼に悖《もと》ることを言い、かつ行ったのだから、固《もと》よりこの男の言うことを聞くには及ばない。非礼や暴力からは、なにも生まれはしないのである。

まことに、礼ということは重い。

これも塞翁《さいおう》が馬

いつぞや、気象庁が、緊急地震速報を発したところが、それがとんだ誤報であったという椿《ちん》事《じ》が起こったことがある。

あの時、私もちょうどテレビをつけていたので、すわッとばかり色めき立った。ただ、速報の地域が兵庫あたりであったので、東京はさまでのことはあるまいと思って、まあ下腹に力をいれて推移を見守るというほどのことに過ぎなかった。

一分、二分、三分、待てど暮らせど地震は来ない。

そういえば、あの三・一一の大震災の直後には、驚くほどの頻度でこの緊急地震速報が発せられ、そのかなりの部分は空振りであったということも事実としてある。

今回もその伝《でん》であろうかと思って、下腹の力を緩めたころ、どうやらこれがなにかの計算違いであったと分かって、気象庁担当官が深々と謝罪する仕儀《しぎ》となった。

この事件をどう総括するかということは、いろいろな意見があると思うけれど、私は、こういうこともまた一つの前向きな考えで捉《とら》えていくべきであろうと思うのだ。

思えば、あの阪神淡路大震災のときに新幹線の一部で軽度の脱線が起こったということがあり、それ以後、JR東海はじめ鉄道各社は、緊急地震速報に匹敵するシステムを自前《じまえ》ですっかり整え、どんな地震が起きても、その直前に全車両を安全に停止させるための万全の備えを作り上げていたのであった。だからこそ、あの三・一一のときに、あれほど未曾有《みぞう》の大震災だったにもかかわらず、ただの一両も脱線転覆することなく粛々《しゅくしゅく》として緊急停止し、死者はもとより怪我人すら出さなかったという、この事実を私どもは心から誇らしく思うべきである。

外国の情勢を窺うに、スペインの高速鉄道が大事故を起こして多数の死傷者を出したこともあったし、中国の高速鉄道の事故だってご記憶のかたもあろう。

これに対して、わが新幹線は、開業いらい半世紀以上に亙《わた》って、驚くべき頻度と速度で列車を走らせていながら、いまだに事故による一人の死者も出していないということは、まことに見事な技術者魂ではないか。

冒頭に挙げた誤報事件のときにも、速報発信を受けて、域内の鉄道各社は、ただちに運行中の列車を緊急停止させる措置をとり、それは見事に達成された。

それがために、爾後《じご》しばらくはダイヤの混乱を呈《てい》して利用客に不便を掛けたことは事実だけれど、これも、私は非難のみすべきこととは思っていない。

各社とも安全停止への備えはおさおさ怠りないとは申しながら、しょせん機械は機械、万が一にも誤作動やら不作動ということがないとは限らない。にもかかわらず、通常の運行時間内に、電車を実際に停めての訓練などをそうチョイチョイやることもできぬ。

そうなれば、今回はたまたま誤報で空振りに終わったけれど、それがために列車停止装置の無事作動することが確かめられ、同時に情報伝達を徹底して、乗客を確実安全に避難誘導することも「演習」できたということは、結果的に、またとない形で、装置の作動確認、情報伝達の予行演習、そして乗客の避難誘導などの実地演習をすることができたということになる。

しかるに、こういうことがたびたび重なると、いわゆる「狼少年」のようなことになって、いざほんとうに地震が到来したときに、みなが高《たか》を括《くく》って無視軽視するという虞《おそれ》もなしとしない。けれども、人間というものは、そのいっぽうで、あらかじめ知らされた状態での予行演習を一度や二度やったところで、なかなか骨身に徹しての緊急行動というものはできぬものである。

かの大震災のときも、一部の学校において、日頃から繰り返し繰り返し津波避難の練習を重ねていたために、学童生徒たち自身のみならず、かれらの誘導で町民全体が避難することができたという例も報告されている。

なんでも学習というものは、確実にするためには、反復練習ということ、それから切実な取り組みということが必要なのである。

そう思ってみると、くだんの速報誤報事件は、むしろこれを奇貨《きか》として、非常に切実な条件のもとで、みんなが真剣に緊急行動をとる訓練を実施したと考えれば、まさに「意味のある誤報」であったと考え得るであろう。

また同時に、鉄道各社が慌てず騒がず列車の安全停止に努めて、これを一糸乱れず実施することができたということは、今後のためには格好の作動確認であった。

だから、自今《じこん》も気象庁は勇気を以て速報を発すべきであり、すべての人は「こんどこそ本当に違いない」と、何度でも、その都度《つど》信じて疑うことなく、練習のつもりで避難行動をするべきである。げに反復練習こそ、確実な行動のための唯一の方法なのであるから。

人間万事塞翁が馬というものである。

良い夫婦

世の中では、十一月二十二日は「いい夫婦」の日だそうで、テレビは各局こぞって、夫婦岩《めおといわ》のところで「愛してるよ〜〜〜」などと叫んでみせる夫婦の姿を映したりもしている。まことに世の中平和で結構だが、いや待て待て、なにも夫婦の善し悪しを言うのに一年に一日だけってこともなさそうなものだ。

そこで私は考える。ほんとうに良い夫婦像というのは、いったいどんなものであろうか、と。まあそりゃ、世の中蓼《たで》喰う虫も好きずきというものだから、他人があれこれ批判するなんてことは余計なお世話、百組の夫婦あれば、百通りの関係性があってよい。されば、かれは良い夫婦、これは悪い夫婦などと決めつけるなど、もとより無意味というものだ。しかし、私はそこを敢《あ》えて考えてみたいのである。

そもそも夫婦に限らず、友人関係、あるいは会社内の人間関係にしても、共通して言えることは、「人と人の距離感」が大切だということである。

人は群居する性質を持った動物であるが、といって、猿のように密着しているのは、どうも愉快でない。

　仮にここに、がら空きの電車があるとして、最初に誰かが乗ってきて座る。次に乗ってきた人は、必ず一定の距離を空けたところに座を占めるであろう。わざわざ一人しか乗っていない電車のなかで、その一人に密着して座ろうとする人は普通でない。なにか邪《よこしま》な意図があってそうしているのか、もしくは、度し難い無神経の主《ぬし》であるか、どちらかである。ふつうの神経を持った人なら、きっとできるだけ遠いところに座るだろう。そして更に次の人は、先客二人のどちらからも一定の距離のあるところを探して座るのが当たり前である。

　こうして、少しずつ距離を置きながら座っていって、混んでくると、密着することを余儀なくされる。それは、きっとなんらかの意味で不愉快を感じさせるであろう。

　この適切な距離を置いて群居する、というのが、人間という動物の不思議な行動原理なのである。

　さて、夫婦という人間関係を考えてみると、もともと夫婦は他人であった。それが、一定の恋愛関係を経て、夫婦となり、肉体関係を介して、子供という共通の存在を得る、それがまあいちばん普通のありようだが、もっとも根本的な問題は、男と女というものは、心の構造が違うということである。意識、感覚、好尚《こうしょう》、記憶のありかた、すべてに違いがあると言っても過言でない。

そういう、異質な存在である男女が、二人で共同生活をするのが夫婦というものだから、そこにおいて、まずもって大切なことは、そういう「違い」を、互いに理解し合うこと……いや、理解するまではできなくても、すくなくとも「知る」ことである。

男が男の意識を金科玉条《きんかぎょくじょう》と思い込んで、女の行動や考え方に容喙《ようかい》すると、そこには波風が立たざるを得ぬ。逆もまた真なり、である。

『源氏物語』のような文学作品を読むにつけても、男と女は千古《せんこ》の昔から今に至るまで、いっこうなんの変わりもなく、その「違い」に起因する意識の齟齬《そご》に、ずっと懊悩《おうのう》し続けてきたのであることが痛感される。

いくつかの統計によると、たとえば六十代の男は、妻と一緒に旅行したいという人が六割近いのに対して、妻のほうは、夫と旅行したいと思っているのは二割にもならない、という結果が出ている。つまり、日頃の生活はともかく、旅行くらい亭主の顔を見ずに、友だち、または娘とでも気楽に行きたいということなのであろう。

しかし、夫のほうは、まさか妻が自分との旅を忌避《きひ》しているなどとは想像もできず、夫婦水入らずでの旅がいちばんだと思い込んでいる。そういう夫の意識自体が、また妻には疎《うと》ましいのである。

とくに若くて「現役」の時代には、すくなくとも昼間のあいだは顔を合わせることなく、夜分のちょっとの間と、朝の慌ただしいひとときだけ顔を合わせればよかったのだが、リタイアするとそうもいかない。そこで、無神経なる夫を、妻は疎ましく思うのだが、夫はそれに気づかない。夫は妻に世話してもらって当たり前だと、そういう度《ど》し難《がた》い意識で何十年と過ごしてきたことが、こういう形でのしっぺ返しとなるのである。

結局、良い夫婦というものは、そうやってリタイアした時になっても、お互いに尊敬の気持ち、親愛の情があって、なおかつ二人のあいだに適度の距離があるということが必須の条件なのであろうと思料《しりょう》される。そうしてまた、お互いに、男女は意識が違うのだから、その違いを認め合うということも、大切な要素である。

そうすると、表面的にべったりとくっついているなんてのは、案外疎ましい夫婦関係で、さらりと水のように淡い、君子の交わりのような関係になれれば、それこそがほんとうに良い夫婦なのだと私は信じる。

そういう夫婦であれば、なにも人前で「愛してるよー」などと叫ぶにも及ぶまいと思うのだが……。

小国寡民《しょうこくかみん》の志

　いきなり難しげな話で恐縮ながら、ちょっとご勘弁いただきたい。

『老子《ろうし》』の第八十章は「小国寡民」ということを論じて夙《つと》に知られた一章であるが、ちょっと復習してみることにしよう。曰《いわ》く、

「小国寡民は、什伯《じゅうはく》有《あ》らしむ、人の器《うつわ》あって而《しか》も用いず。民《たみ》をして死を重《おも》んじて遠く徙《うつ》らざらしめ、舟輿《しゅうよ》有りと雖《いえ》ども之《これ》に乗る所無《ところな》し。甲兵《こうへい》有りと雖ども之を陳《つら》ぬる所無し。民をして結《けつ》縄《じょう》に復《かえ》りて而《しこう》して之を用い、其《そ》の食《しょく》を甘《あま》んじ、其の服《ふく》を美《よ》みし、其の居《きょ》を安《やす》んじ、其の俗《ぞく》を楽しみ、隣国相望《りんごくあいのぞ》み、鶏狗《けいく》の声相聞《こえあいき》こえ、老死《ろうし》に至《いた》るまで相往来《あいおうらい》せざらしめん」（この章はいろいろな読み方があって、本文そのものにも異同があるのだが、ひとまずここでは、江戸前期延宝《えんぽう》頃〔一六七三―一六八一年〕に刊行された山本洞雲《とううん》の『老子経諺解大成《ろうしきょうげんかいたいせい》』の本文《ほんもん》と訓読《くんどく》に従った）

　これは噛み砕いて言うと、こういうことである。

「小さな国土に少ない民、それが理想であって、そこでは十人一組百人一組というようなささ

やかな社会を営ませよう。その人々のなかには、大国だったら大臣や大将になるような器を持った人材もいるかもしれないが、こんな小さな国ではさようの器も使うところがない。その民は戦々恐々《せんせんきょうきょう》として死を恐れ、遠くまで出かけていこうとは思わぬように仕向けたい。だから舟《ふね》や輿《こし》があったとしても誰もこれに乗るという人がない。かれこれの軍備があったとしても、それを並べ立てて戦《いくさ》などするところがない。そうして、人々に昔ながらの素朴な暮らしをさせて、その食事を美味しいと思い、その服を良いと思い、その住むところに満足し、日々の暮らしを楽しみ、すぐそこに隣の国があって、鶏や犬の鳴き声が聞こえるくらい近いとしても、人々は老いて死ぬるまで、その隣国にすら往来しようとはせぬ、そういうふうにさせたいものだ」

老子の言《げん》は常に茫洋《ぼうよう》としてつかみどころがないが、この章は有名だからご存知の方も多かろう。

いま、日本が戦後の絶頂期を過ぎて高齢化の坂道を下《くだ》り始め、人口もこれからは減少の一途を辿《たど》るであろうことは、いまさらここで事新しく言うまでもあるまい。

この切所《せっしょ》に立って、ふと老子の説くところの小国寡民の理想郷を夢想してみると、もしかしたら、わが日本こそは、その理想郷にもっとも近いところがあるのではないかと思い当たる。

もともと小さな国土に、太古から脈々として「日本的な平和」のなかに安住してきた、それがわが「神《かむ》ながらの道」であった。

春夏秋冬《しゅんかしゅうとう》の四時《しいじ》の循環もめでたく、春は花咲き、田に水は漲《みなぎ》り、夏、稲は青々《あおあお》として、秋に嵐の吹かざることを冀《こいねが》い、やがて黄金《おうごん》の実りを祝って、木枯らしや雪の冬になり、しずかに縄など綯《な》って春を待った、そういう農村的平和、こともなき日々こそ、我が国の理想なのではなかったか。

戦後の経済発展や、世界の一等国入りを果たしたことは、たしかにめでたいことであったし、その国民的努力は歴史に刻まれてよい。

しかしながら、その経済発展をもたらした我ら団塊の世代は既に老い、みな仕事の第一線から退《しりぞ》いた。そうしてその子どもの世代は、著しく晩婚少子の風潮となり、この先、再び戦後の復興隆昌《りゅうしょう》のごときを期待するのは、所詮《しょせん》見果てぬ夢に違いない。

かかる時に際会《さいかい》して、改めて老子の小国寡民の理想を嚙み締めてみると、そこに、私どもの進むべき一つの姿がありそうに思われる。

もう世界の大親分になるような人材など求めることもあるまい。ただこの小さな日本のなかで平和に、それこそ十人百人というようなささやかな単位で、共同体的紐帯《ちゅうたい》を再構築して暮らし、鬼面《きめん》人を驚かすような弾丸列車など作っても、そんなものに乗って忙しく国中を往来するような人もいない。強大な軍隊兵器などを備えてみたところで、それを用いて戦争するような相手もないことこそ望ましいのではあるまいか。

そうして、なにも腰を抜かすように高直《こうじき》のブランド服も着ず、ミシュランの星のついたご馳走も喜ばぬ。ただ、身分相応の服装や住居に安んじて、日々家庭料理のご飯に満足して暮らす。それが日本人の日本的幸福の本来ではないのだろうか。

そうしたら、いまさらこの地震だらけの国土の上に、危険極まりない原子力発電所など動かすにも及ばず、名古屋まで四十分で飛ぶように往還する必要もなく、せっかく先祖がたが粒々《りゅうりゅう》辛苦《しんく》して用意してくれた農地を蔑《ないがし》ろにすることもなく、穏やかに風力・水力・太陽光などで作った安心なる電力を以《もっ》て安々《やすやす》と暮らして、それぞれの「ささやかな幸福」を希求《ききゅう》したいものだ。

大金《おおがね》を儲《もう》けるにも及ぶまい。ただ、己一身《おのれいっしん》の始末をつけることができる程度の財《ざい》を蓄《たくわ》えて、しずかに老後を過ごすのが、ほんとうの幸福でもあろう。貧しく孤独な老後は悲しいゆえ、家族を大切にして、互いに愛情豊かに日々を送るならば、せめて幸福に死ぬることができるかもしれぬ。

老子の教えをよく読み返したら、そんなことが思われた。

夏休みとラジオ体操

夏の終わりはなにやら物悲しい、そうして、いつもこの季節になると、そぞろ昔恋しい思いに駆《か》られるのはなぜであろう。

現在の、大人としての生活には、さまざまの苦労や懊悩《おうのう》が付き纏《まと》っているのに対して、昔まだ小学生だった時代、私はなんの苦労もなく普通の家庭に育ち、両親の愛情にも恵まれていたので、ほんとうに幸福な日々を送っていたのであった。

その後、さまざまの蹉跌《さてつ》を経験しもしたし、生きていくことは楽じゃないなあと思いながら暮らしていると、あののほほんとした少年時代……はるかな昭和三十年代の頃が、懐かしく回顧されるのである。

あの頃の夏休みは、今とはずいぶん違っていた。

まず第一に、小学生だった私たちは、夏休みというのは無条件に遊びほうけていて良い一カ月で、それは学校の「夏休みの宿題」やら「絵日記」やら「自由研究」やらは昔もあったけれど、そういうものは、たいてい夏休みのいっとう最後の数日間くらいに必死にやっつけるのが常のことであった。

そうやって尻に火がつくまでは、朝起きると、まず玄関の前あたりに水を打って、棕櫚箒《しゅろぼうき》で掃き掃除などし、その「仕事」によって、一日十円だったかのご褒美を貰う。それからあとは長い長い自由時間で、私はいっこうに勉強などせず、ただただ山野を跋渉《ばっしょう》し、友達とうち群れて、長い夏の日を楽しく遊び暮らしたのであった。

今のように猛暑日なんてのはなかったし、せいぜい暑いといっても三十一、二度くらいが東京では最高で、それもよく夕立がざっと来て、あとは涼しくなったから、熱帯夜なんてものは、まあほとんど記憶がない。

だから冷房などどこにもなかったけれど、それはそれで別にそんなに苦しくもなく、したがって今のように「熱中症」なんてことは、その言葉さえ無かったように思われる。私どもの子供時分には、夏の炎天で帽子もかぶらずに遊んでいると「日射病」になるから、帽子を忘れずにと、いつも母親に注意されたものである。その程度で、子どもたちは倒れもせず、のんきに炎天で野球やチャンバラなどをして遊んでいたのである。

それから、もう一つ、夏休みに欠かせないものは「ラジオ体操」であった。

これも私どものご同輩がたは、忘れがたく追憶されるところかと思うけれど、なにしろ夏休みだからといって朝寝坊するというのは良くないことであった。そういう倫理観が前時代から脈々として伝承されていたのである。

朝寝朝酒朝湯が大好きな小原庄助《おはらしょうすけ》さんは、それで身上《しんしょう》を潰したくらいであったから……。そこで、やはり子供が将来、勤勉で有能な大人になるためには、なんといってもきちんと朝早起きをしなくてはならぬ、それが共通の倫理観であった。

また「早起きは三文の得」とは、祖母などにいつも言い聞かされたものであった。子供心にそれをどのくらい理解していたかは心もとないものだが、ただし、昔は今のように熱帯夜ではなかったので、朝はたしかに涼しかった。この涼しいときに、家の手伝いをしたり、多少は計算の練習などしたりすれば、それは大いに捗《はかど》るということもあったのだ。

そこで、これは誰が申し合わせたのであろうか、夏休みになると、毎朝六時だったか、近所のお寺の境内《けいだい》とか、町内の児童公園だとか、そういうところにほとんど全員の子供が集合して、ラジオ体操をする習わしであった。

ちゃんとその出席を付ける帳面があって、それを手に持って六時に所定の場所に集合すると、大人の指導者（町内の長老のような人だった）が、一つはんこを押してくれる。それだけのことで、別になにかご褒美を貰えるということもなかったのだが、ただ一夏《ひとなつ》皆勤ではんこを貰えると、なんだか嬉しかったものだ。

ラジオ体操が終われば、即解散で、別になんということもないのであったが、今ああいうふうに早朝六時のラジオ体操をやっている地域は残っているであろうか。また仮に残っていたとして、昔のようにすべての子供が例外なくそこに集まってくるということが期待されるだろうか。どうもそこらへんはいかにも心もとなく思われる。

こういうご町内の風習というものは、じつは案外と大切なことではなかったかと、今にして思うところがある。

たとえば、さきごろ、中学一年生の男女二人が、変質者に惨殺遺棄《ざんさついき》されるという奇怪な事件があった。ああいう事件も、もし仮に夏休みの毎日、早朝から大人たちが子供を集えてラジオ体操などする習慣が根付いていたとしたら、きっと起こりはしなかっただろうと思うのである。

なにしろ私どもは子供時代には、毎日夜八時には寝て、朝の六時にはきちんと起きるという習慣であった。だから、あの被害にあった子供たちのように、真夜中に家を出て街をうろついているとか、ましてや野宿をするとか、そういうことは考えられないことであった。事件の背後には暗く深い闇が伏在《ふくざい》しているように思われるけれども、大人と子供が一緒になって早朝のラジオ体操をする、明るい「場」の再構築が、ああいう事件を未然に防ぐ大きな力になりはせぬかと、私はふと思うのである。

見る・聞く・読む

人間がなにかを「知る」というのはどういうことだろうか、と考えることがある。するど、知識の源泉としての読書こそが大切だ、と言う人が必ずいるだろう。だけれど私は、待てよ、と思わずにはいられない。

日本には、中国から漢字が伝来するまでは文字という体系はなかった。だからといって、古代の日本人に叡知《えいち》がなかったのだろうか。そんな筈《はず》はあるまい。

言葉は、第一義的には、話すことと聞くことである。この音声を仲立ちとする伝達によって、じつは非常に多くのことを知り、かつ蓄積することができる。『古事記』のような作品を想起してもらいたい。文字を持たなかった時代に、記憶で膨大な情報を受容し、且《か》つ発信していたのである。文字が出来てから、私どもの記憶力などは間違いなく退化したことであろう。

よくよく考えてみると、現代の私どもだって、書物を「読んで」仕入れた知識というものは、生活の基底の部分ではじつはそれほど多くはないと、私は考える。大体のことは、親から、兄弟から、友人から、さまざまの形で聞いたり、口づてに教わったり、手から手へと伝達されたりして獲得してきたのではなかったか。

認識ということを考えてみると、私どもがなにか未知であったことに接触して、それを自分の知識として認識するためには、その対象物なり現象なりに対して、目や手や耳や舌や、要するにそういう五感を働かせて認知していくということが、まずなによりも大切である。

仮に、料理をするということを考えてみる。

私自身は、人並みはずれた料理好きで、その好きが高じて、今では何冊も料理の本を書いてしまったくらいである。

しかしその自分の料理の技術はどのようにして獲得されてきたかということを振り返ると、なによりもまず、私の母の手料理を、見て、試して、味わって、記憶して、といういわゆる「見習う」方法によってであったことは揺るがない。母は私に味噌汁の作り方も米の研ぎ方も教えなかったけれど、子供であった私は、それが魔法のように面白く感じて、いつも「見て」習っていたのである。台所はその意味で良い学びの場《にわ》であった。

しかし、母はたとえば大根の繊六本《せんろっぽん》を切るのに、あのトントントントンとリズミカルな音を立てて、きれいにしかも美しく切っていく。自分がそれをやろうとしても、なかなかうまくいかない。そうなると、母はどんなふうにこれをやっているんだろうか、とよく観察して、あ、なるほどそうか、という「気付き」に至るのであった。そこまでくれば、あとは練習して同じようにやるだけのことである。こういう気付きは教わるものではなく、自ら発見するべきもの、その気付きの無い人は決して上達することは叶わない。これを「見習う」と言う。

すべての技術は、まずはこの「見習う」ことで獲得される。最初に書物を読んで、それによって技術を習得する、などということはあり得ない。いや、あるかもしれないが、それはよほど特別の場合であろうし、また同じ技術なら、本を読んで工夫するまえに、上手な人の技を見てまねるほうがはるかに効率がよい。

この「見る」ということは、科学の認識でも同じように大切で、何も見ないで空論的にものを考えることなど普通はできはしない。数学とか哲学などの抽象的な認識ともなると、また別でもあろうけれど、通常の範囲の認識では、まずは「見て」考える、これが出発でなくてはならぬ。

次に、自分一人ではなかなか技や思考が先に進まず、壁に突き当たることが、どうしても避けられない。自己流には限界があるのである。また見るだけではよく分からないこともある。

そこで、『徒然草』にも「すこしのことにも先達《せんだつ》はあらまほしきことなり」と書かれているように、その道の先輩に、教えを乞うということが必要である。あるいは自分の技術を先達に「見て」もらって、その欠点を「聞く」ということ、これが認識の第二段階である。

見ること、そして聞くこと、この二つのことを基礎として、その先は、ひたすらに自分で練習したり考えたりすると、そこに必ず進歩が獲得できる。

こういうことの多くは、じつは書物を必要としない。「読む」という営為は、人間の発達段階から見ても、すぐれて後発的で、第二義的である。

だから、子供に、「なにはともあれ、本を読ませたい」と思う親や教師は多いけれど、私は、正直言えば、そうは思っていない。本に書いてあることは、見る・聞く・練習する・考える、といったことの結果であって、そんなに早い段階から本を読むことは必須のこととは思えない。子供が読書をしないことよりも、ヴァーチャルなゲームなどにうつつを抜かして、まともに現実を「見る」ことや「聞く」ことをないがしろにしている風潮全体のほうが、はるかに大問題である。

どんなに読書をしたって、そこに書いてある現実を見たことも聞いたこともなければ、読書によって具体的なイメージを構築することもできず、読書が血肉となることもないからだ。

私は信念として、まず見よ、聞け、そして考えよ、と言いたいのである。読むことは、その先のことである。

そろそろ本気で……

かつて、私は東京藝術大学で教鞭《きょうべん》を執《と》っていたのだが、毎年の入試の時期は頭痛の種であった。それはなによりも、あの大学入試センター試験の監督をしなくてはならなかったからである。

この共通試験は出願大学とは関係なく、受験生は機械的に割り振られた近在の会場で試験を受ける。そうして、私ども教員は、これも機械的に勤務校に近いところの入試会場の試験監督を命ぜられるのである。

それゆえ、私どもは、いつも近所の都立上野高校での試験監督が割り当てられたものだ。試験当日は、朝も早くからその試験会場に集合して、一日じゅう監督をする。そこで、なにが一番の頭痛の種であったかというと、風邪やインフルエンザである。

なにしろ入試ともなれば受験生も必死だ。風邪を引いて具合が悪かろうと、インフルで熱があろうと、石にかじりついてでも出て来る。そのため、どの教室でもダウンして別室へ下がる生徒などがいたものだったし、一日じゅうひどい咳《せき》をしている人やら、熱などのためぼんやりとして顔色が真っ青な人やら、くしゃみや鼻水と格闘している人やら、それはもう気の毒なことであった。

受験生にとっては人生の一大事だから、そのこと自体はもちろん責められないが、受験生間の感染ということも重大なリスクであった。私ども監督者も、寒い季節柄、締め切って換気もないカラカラ乾燥の密閉空間に、受験生たちとともに一日じゅう缶詰めになっているのである。するとなによりも風邪やインフルを恐れる私などは、もう一日じゅう、いや二日間に亙《わた》って、精神的な拷問を受けているようなものであった。なにしろ免疫力脆弱《ぜいじゃく》なる私は、ふつうの人だったら感染しないような場合でも、すぐにウイルスや細菌にやられてしまう。

だから、この入試監督の二日間は、ただもうひたすらマスクなどで防衛しつつ、咳やくしゃみの受験生の近くにはできるだけ立ち止まらないようにするとかして、あとは天神地祇《てんじんちぎ》に祈るしか手だてはないのであった。

しかるに、最近では、インフルも新型が出現してまたたく間に日本全土を席捲《せっけん》したり、異常な頻度でノロウイルスが拡散したりしている。人類未知の高病原性新型インフルエンザ・ウイルスの出現も時間の問題だろう。

そうして、これらの感染症は、冬がその流行のピークであり、毎年十二月から二月くらいにかけて流行することは周知のところである。

そこで、ほんとうにこの季節に入試をするのが正しいことだろうかと、私は懐疑《かいぎ》するのである。

ひいては、果たして四月が新学期で三月に年度が終わるという、この日本的な年度制度を、これから先もずっと墨守《ぼくしゅ》すべきかどうかということでもある。

欧米では、新学期は九月から始まるのが普通である。そのため学年末は大学なら五月、小中学校などは六月ということになる。すると、入試なども、五月ころに実施するというのがあるべき姿として想定されるかと思うのだが、そのほうが、季節は良いし、冷房も暖房もいらないから、受験生も快適な環境で入試を受けられる。

さらには、北海道などの北国でも、さすがに五月ともなれば雪で交通が混乱するということもないだろう。

しかもこの季節はインフルもノロも流行期からは外れて、比較的に安全な季節だということが大切である。

なんといっても、これからの人生を左右する大切な入試だ。できるだけリスクの少ない季節に、安心して受験できるようにしてやるのが、大人たちの責務ではなかろうかと思うのである。

もともと、どうして四月からの新年度ということになったのかは、詳しく承知しているわけではないが、たぶん桜が咲いて満開になる四月上旬を起点として、稲作の農事暦《のうじれき》が想定されているというようなことと、四月新学期とは無縁なことではなかっただろう。

しかしながら、その農事暦そのものが、気候変動によって、かつてのようにはいかなくなった。東京など関東一円あるいは近畿地方では、三月中には桜が満開になってしまうし、といって北国では五月にならなくては花は咲かない。どうも、四月からという区切りかたが、もはや現実にはそぐわなくなってきているように思われる。

それやこれやを勘案するならば、そろそろ世界標準に合わせて、九月の新年度ならびに新学期ということも、この際ぜひ考えてみる必要がありそうに思われる。

イギリスももちろん九月新学期だが、そのもう一つのメリットは、五月に学年が終わると、そのあとの長い夏休みは学年と学年の間になるので、学生は、自由な気構えで、旅行や、趣味や、あるいは独自の勉強やらに打ち込むことができる。

というように、さまざまな側面から、九月新学期としたほうが、じつは合理的である。ここはひとつ本気になって考えてみたらどうであろう。そうすれば、海外への留学も、あるいは海外からの留学生受け入れも、今よりはるかにやりやすくなる、そのことも真面目に検討しなくてはならぬ時期が来ている。

風樹《ふうじゅ》の嘆《たん》

もう母が逝《ゆ》いてより、早くも二十年以上の月日が経った。生者《しょうじゃ》の時は遅いが、死者の時は速い。

母は、晩年乳がんを患《わずら》って、闘病八年、七十二歳で遠く去った。非常に家庭的な母で、私が料理を好み、また能《よ》くするのは、主《しゅ》にこの母の教えによるところが大きい。

いちいちああしろこうしろと教えたわけではないが、ただなんでも上手に素早く手作りして私どもに食べさせてくれたので、それを幼時から見て育ったことが、長じて自分も厨房《ちゅうぼう》に立つ遠因《えんいん》ともなったのであろう。

昭和も戦後間もなく生まれた世代の私たちにとっては、まだコンビニもファミレスもなく、外食などということはよほど特別の折にしか考え得なかったのだから、食事であれ、お菓子であれ、四季折々の行事食《ぎょうじしょく》であれ、みな自宅で作るのが当たり前であった。

とくに手先が器用で、なにをやらせても手早く巧《たく》みに作ることのできた母は、たとえばクリスマスのデコレーションケーキなども、台のスポンジケーキを焼くところから、バタークリームの薔薇《ばら》飾りなどに至るまで、みな私の目の前で手作りをしたのだった。もともと母の気質を濃く受け継いで生まれてきた私は、かくも魔法使いのように見事にケーキなどを作っていく母の手技《てわざ》は、なによりも興味津々《きょうみしんしん》たる観察対象であったし、常にその傍《かたわ》らにいて手伝っては、折々に「味見」をさせてもらう楽しみもあった。

だから、いまここにしかるべく材料・道具を揃《そろ》えて、デコレーションケーキを作ってみよと言われたら、きっとある程度のレベルのものを作れるだろうという思いがある。そうやって思い出してみると、シュークリームだって、その皮も中味のカスタードも、みな自宅で作ったものので、私は小学校から戻ってきたとき、ドアを開けると家中にその洋菓子を焼く甘い香りが充満していたことを懐かしく思い出すのである。

春秋《はるあき》のお彼岸にはまた、母方の祖母も加勢して、艶々《つやつや》と美しいおはぎを作ったものであった。これまた、餡《あん》こを煮るところからやったが、当時はまだ火鉢《ひばち》が家の中で実用に使われていたので、その火鉢の五徳《ごとく》の上に鍋を載せて、水気の多い状態から次第に煮詰まって、坊主地獄《ぼうずじごく》のような様相を呈《てい》してくるまで、延々とかき回しつつ煮つめる、それは気長《きなが》で力のいる仕事であった。時々跳《は》ねる餡こに熱い思いをしながら、根気よく鍋をかき回していたことが思い出される。

そうして、この餡こが煮上がってからすっかり冷えて後に、おはぎに作る。

もち米を蒸《ふ》かしてそれをちょっと搗《つ》き崩していわゆる「半殺し《はんごろし》」の状態にし、その一方で濡れた布巾《ふきん》に薄く餡こを伸ばしては、そこにこのもち米の団子《だんご》をやや小判形《こばんがた》に作ってのせると、四方から濡れ布巾でうまくまとめつつ餡こを飯にまとわらせてゆく、そんな手技《てわざ》の逐一《ちくいち》を、私はじっくりと眺めていたのである。

親の恩というのは、別にそう大げさなことでもなくて、こういう日々の庭訓《にわのおしえ》というか、日常のなかでさりげなく伝授される生活智《せいかつち》というべきものが、もっとも大切なのではなかろうかと私は思う。

そういう母が亡くなってから、もう二十年余《よ》も閲《けみ》したというのに、幼時の記憶は少しも消えることなく、ますます懐かしく胸中に蘇《よみがえ》ってくる。

それは一つには、自分もその母の亡くなった年に次第に近づきつつあるからかもしれない。六十四歳で病が発見されて、七十二歳で逝くまでの八年間、私ども夫婦が同じ敷地内でずっと面倒を見てきたのであるが、いま自分が七十歳という年齢になって初めて、その時分の母の気持ちはどんなであったろうかと忖度《そんたく》することができるようになった。ただ、母は最晩年ホスピスに入って何の苦しみもなく死んだのは、確かに大きな救いであったかと思われる。

と同時に、こんどは自分の命は、あとどのくらい残されているのであろうか、ということを抜き差しならず考えるようになった。

母の没年まではあと二年。しかし、父はそれからあともずいぶん長生きをして、あの大震災のあった年の晩秋のある日の払暁《ふつぎょう》、九十五歳を一期《いちご》として、忽焉《こつえん》と世を去った。こちらはとくに病《やまい》もなく、苦しいこともなく、死ぬる一時間前まで元気に歩いていて、それから眠ったまま ついに永遠に目を覚まさなかったという、母の死とはまるで正反対の大往生であった。すなわち、私の両親は、それぞれまったく違う生老病死《しょうろうびょうし》の姿を見せて、いずれも平安裡《へいあんり》に死んだのである。

父はまた、生前よく、

「ごく普通にしていて、いつも通りに寝て、ふと気がつくと起きて来ないで死んでいた、とそういうふうに死にたいものだ」

と言い言いしたものだったが、まさにその願った通りの安穏《あんのん》な死を死んだのは、よほど前世の因縁《いんねん》が良かったのであろう。

つまりそうやって、両親は「人の死にゆくさま」を私どもに教示して去った、そのことこそ、もっとも大きな親の恩であるかもしれぬ。ありがたいことである。

アナログの味

ちかごろは、昔ながらのＬＰレコードが新製作されるようになったという。

また、オーディオ・マニアの世界では、真空管アンプで音楽を楽しむのが好まれるらしい。技術の進化の果てに、また溝と針と真空管で、音波信号を再生するという二十世紀的技法に逆戻りしているというのだ。

たしかに、デジタル化された音源は、すこぶるクリアでノイズが無いのだが、それが却《かえ》って味気なさを感じさせる、ということがある。ＬＰレコード再生には、不可避的にノイズが含まれるが、しかし、その分、音はどこか人間的で柔らかく、温かい。長い時間音楽を聴いていると、そういうノイズを含んだ温かい音源のほうが、しっくりと心に届いてくるということがある。

いや、考えてみれば、人間の声はもちろん、どんな楽器だって、かならずノイズの部分が含まれている。

ノイズ、揺らぎ、曖昧《あいまい》さ、ぼけ味、そういういわば「余計なもの」が、じつは余計ではないのである。

人の声は、自然の音声に近いほど味わい深く、これを電子的に純化加工してゆくと、次第にそれはロボット音声に近づく。それとともに、味わいは確実に失われていくのである。まあ、そういうテクノ風の音が好きだという人もたしかにいるから、一概《いちがい》に電子的に加工されたものがつまらないとも言い切れないけれど、やはり、世界一流の声楽家たちの声を、生で聴いたときの深みや味わいは、どこをどう逆立ちしても、合成音では再現できぬ。

この深みや味わいこそ、アナログのもつノイズの作用にほかならず、あまりにすっきりと割り切れている音は、クリアではあってもつまらない。

そこで、また思うに、昔のディズニー映画（アニメーション）のようなものは、まったくアナログ的な方法で製作されたもので、すべての画像は一秒間に何十枚かの齣《こま》に割り付けられて、それをアニメーターという職人たちが、一枚一枚手描きして動画にしたものであった。

そこには、やはり曰《いわ》く言い難い揺らぎや、言うべくんば「ぎこちなさ」などが含まれ、それらのアナログ的ノイズが、往古《おうこ》のアニメーション映画の味わいであった。

またたとえば、スタジオジブリの製作するアニメーション映画などは、今でも昔ながらの手描き技法を用いていて、そこにあの独特の温かみが現れてくるのだと、私は感じる。

しかるに、こういうやりかたは、非常に手間ひまがかかり、時間がかかり、費用がかかる。

そこで、最近のテレビ用アニメーションなどは、最初からコンピュータ上にひな形を作り、これを変形し動かし、はるかに手間も費用もかけないでアニメーションを作り上げる。これがさらには劇場用アニメにも応用され、すべてはコンピュータ上で製作されるようになった。が、どうもそれが面白くない。

アニメばかりでない。たとえばコンピュータ・グラフィックの異常な発達は、ふつうの劇映画でも、いとも易々《やすやす》と人物を合成し、実写とCGを合体させて、見たこともない世界を幻術《げんじゅつ》のように作り上げることができるようになった。そうして、SF映画、ホラー映画、ファンタジー映画に戦争映画と、CG物はいまや映画の主流になりつつあるやの感がある。

しかし、この技術をどんなに発達させていったとしても、あなたざまにこれを見ていると、「あ、CGだな」という印象が、どこまで行ってもついてまわる。このCG臭さに接すると、まるで無機質なコンピュータ合成音楽を聴かされたときのごとく、砂を嚙むような味気なさを感じてしまうのである。

もしここに、ある特殊な相貌《そうぼう》の人物を登場させるについて、CGによる合成と、人の手による特殊メークと、二つの方法があるとしたならば、それは圧倒的に人の手によるもののほうが説得力がある。これは理屈を超越した「なにか」であると言わざるを得ぬ。

考えてみると、昔、円谷《つぶらや》プロダクションなどが、「特殊撮影」という方法を駆使して、もろもろの怪獣やら、宇宙人やら、未来の宇宙戦争やらを作って見せてくれた。それは今から思うと、ずいぶん幼稚な技術で、いわば子どもだまし的であったけれど、子どもの私たちは、心を躍らせ、あるいは凍りつくような恐怖を感じたりして、それらの特撮物を観たものであった。

そんなのにくらべたら、たしかに今のCGははるかに高級でスキがなく、見事な達成をしているということができる。がしかし、それでも、コンピュータがその賢《さか》しらなる能力で作り出したものは、なんだかつまらない感じがするのである。

すなわち、ここでも、人の手によるノイズのようなものがない分、クリアではあっても心に響かない、そんな欠点が感じられる。

デジタル音源よりLPレコード、CGより手描きアニメや特撮技術、どこまでいっても、人間の心は、人間が本来持っている「不完全さ」にリアリティを感じ、感銘を受けるという機序《きじょ》があるのであろう。

それがすなわち、「人間的《ヒューマン》」ということなのである。

いい加減のススメ

八年ほど前に、九十五年の長寿を全《まっと》うして平穏にこの世を辞した父雄二郎は、生前ずいぶん多くの人に慕われていたように思われる。

経済官僚から大学教授、そして社会貢献のための財団役員などを歴任した父は、世の中の権威とか権力とかいうようなことには、ほとんど関わらぬ人生を送った。だから、政界や財界とも一定の距離を置いて、飄《ひょう》々《ひょう》と生きたと、そんなふうに息子の私の目には見えた。

実際、私たち子どもにとっても、この父は、いわゆる「父親風《ちちおやかぜ》」を吹かせるというような父《ふ》権《けん》的で強圧的なところは皆無で、今の言葉でいうパワーハラスメント的なこととは一生無縁の人であった。だから、あまり「敵」を作らず、その後半生は、もっぱらフィランソロピー、すなわち社会貢献の思想を世の中に説くことを天職のように考えていたらしく思われる。

家庭人としても頗《すこぶ》る穏健で、私どもは、父に怒鳴られたとか殴られたとかいうような乱暴な目にあったことは一度も無い。

とはいえ、いわゆるマイホーム・パパ風の立ち位置ではなくて、家庭内のことは、一切これを母に任せて容喙《ようかい》しないという風情《ふぜい》でもあった。自らは経済学者でもあったのに、家庭経済には全くノータッチで、家計一切すべては母が取り仕切っていたのであった。

その意味ではまた、実際のところ、いい加減な父親であったとも言える。家庭内の経済のことは、母を信頼して、その差配《さはい》に任せ、自分はとくに何もタッチしない。まあ、幸いに母は経済観念のしっかりした「賢夫人《けんぷじん》」であったので、家庭はごく平穏裏《へいおんり》に運営されていったけれど、これが浪費癖《ろうひへき》の大酒《おおざけ》飲みの妻でもあった日には、父もあのように「我関《われかん》せず焉《えん》」ではいられなかったに違いない。

ただ、そういうふうに、この人と見込んで信頼したら、細かなことはあれこれ言わずに「任せる」と、そういうのが父のポリシーであったからこそ、その下に有能な若い人が集まる、そんな感じに見受けられた。

私には年子《としご》の兄があって、この兄はあまり勉強が好きではなかったために、大学のときに二度留年《りゅうねん》を余儀《よぎ》なくされた。いや、私も一度留年しているので、あまり威張ることもないのであるが、ただ、私どもの学んだ慶應義塾大学では、一度目の留年はまあ許容範囲であるが、二度目になると、「後《あと》がない」という通告を受ける。すなわち、保護者たる父が学校に呼び出されて、厳しく注意を受ける。そうして、もし来年もまた留年するようであれば、それは放校除籍《ほうこうじょせき》という処分になるという釘を刺されるのであった。

兄に同道して大学に出頭した父は、担当の教授からそのように厳しく申し渡されたという。その帰り道に、電車を待ちながら父は兄にこう言ったそうである。

「まあ、人生、いろいろあらぁな」

それだけ言って、父は別に小言《こごと》らしいことも言わなかったらしい。

それから兄はまずまず留年しない程度には勉強して、無事大学を卒業したのだから、父のこのいい加減なる督励《とくれい》のしかたには一定の効果があったことが認められる。

私が留年したのは、たしかに不勉強もあったけれど、青年の客気《かっき》とでも言おうか、粋《いき》がりとでも言おうか、これはわざとそうしたので、親には経済的に余計な負担をかけたこと、まことに親不孝であったと思う。

その後、私は一転して勉強に専念し、やがて大学院に進んだ。大学院といっても文学研究科というので、その先は学校の先生になるか、頗《すこぶ》るの僥倖《ぎょうこう》を得て研究者になるか、そんな将来しか想定できないのであった。

その時、父は、私にこう言ったのである。

「どんな学問でもいい、ただ大学院に進む以上は、博士課程の最後まで、とことんやるんだな。途中で放り出すようなことはするなよ。なーに、三十歳くらいまでは俺が養ってやろうさ」

事実、私はそれから大学院で文学修士号を収得し、その博士課程まで無事単位を取得して満期退学し、非常勤の国語教師として働く傍《かたわ》ら、大学の付属研究所で「無給研究員」として日々研究に精出すことになった……ということは、無償の研究に出精《しゅっせい》する日々を送りつつ、いっこうに生活の立ち行くほどの収入は得られなかったということである。

そうして、たしかに父は、私が三十歳になるまで、なんの文句も言わず、一切の生活の面倒を見てくれたのであったから、これはほんとうに有難いことだったと感謝せずにはいられない。

こういう日々を振り返ると、おそらく父は、私どもをやはり信頼して、まあ一個独立の人間として見守ってくれていたのであろうと想像される。だから、もう放任主義で細かなことは何も言わない……いい加減といえばいい加減であるが、いざ自分が父親になってみると、こういういい加減はなかなかでき難いことだったと痛感される。

相手を信じて、「良い加減」の距離を保つ、そういう「いい加減」は、これでなかなか誰にでもできることではなかったなと、今にして思うのである。

6

ちょっとだけ褒めてみよう

ちかごろの若い者は、エライッ！

いつも小言のようなことばかり書き連ねているのは、まことに恐縮ながら、思っていることを書くと、とかくそうなってしまうのは是非《ぜひ》もない。

しかしながら、私はこうも思うのである。

いやいや、ほんとうにちかごろの若い者はエライなあ、もう少し詳しく言うと、エライのもたくさんいるよなあ、とでも言ったらよかろうか。

じつは、私はまったくの運動音痴である。運動となると、幼稚園・小中学校・高校・大学・その後と、人生において一貫ぶれることなく甚《はなは》だ苦手であった。なにせ、そもそもが運動神経に恵まれていないのだから、こればかりは好き嫌いの問題ではないのである。

これはひとえに遺伝子の問題であって、努力の問題ではない。もともと私の両親は、父親はからっきしの運動音痴、しかし母親はスポーツ万能の人であった。そこで、同じ両親から生まれながら、私と一つ違いの兄は、生まれついての運動万能選手で、陸上であれ、体操であれ、じつにすばらしい運動少年であった。が、私は、遺憾《いかん》ながら父に似て、いつもなみならぬ劣等感に苛《さいな》まれて育ったと言っても過言でない。その分、十分に努力はしたし、たぶん運動に対する練習量とか、努力量とかを計算したら、わが兄の何倍も努力したかもしれない。が、いかんせんそもそもの素質がなかった。

おそらく、そういう運動が不器用なる子どもたちもたくさんいるであろう。が、それがけっして己《おのれ》の努力の不足によってもたらされる結果ではなくて、遺伝子で大方《おおかた》決まってるのだと思えば、いっそ気が晴れ晴れとして、なにも劣等感を抱くに及ばぬところである。

最近の目覚ましい遺伝子研究の結果、短距離選手に必要な遺伝子はかくかくしかじか、体操選手向きの遺伝子はかれこれと、ずいぶんいろいろなことが分かってきた。だれもがウサイン・ボルトのように走れるわけはない、この単純なる原理を認めさえすれば、あとは無理して運動をするにも及ばず、ただ粛々《しゅくしゅく》と自らの遺伝子的素質にしたがって「努力」すればよろしいだけのことなのだ。

そこで、最近私は、自分はスポーツはまったくやらないけれど、これをテレビで観戦するのは、おおいに好きになった。敢《あ》えて申すべくんば、スポーツは自分でやるよりも、人がやるのを見るに限る！

以前はゴルフといったって、サッカーといったって、テニスといったって、日本人選手はたいてい外国人の一流選手には手も足も出なかったし、結果的に、国際試合など見たってしょうがないという感じで、それゆえテレビなどでも、たとえばテニスやゴルフの国際大会など、あまり放映していなかったように思う。サッカーだってそうだ、なでしこジャパンの、何年か前の、あの奇跡のような大活躍がなければ、いったい日本のどこのテレビ局が女子サッカーの試合に注目したであろうか。

ところが、最近は、テニスとなると、ご存じ錦織圭《にしこりけい》君が、一時は世界第四位というところまで上り、体格でおおいにまさる大男の外国人選手を易々《やすやす》と破ったりする。あるいはゴルフに松山英樹君が出現して、これまたアメリカのメジャーツアーでの勝利まであと一歩のあたりまで来たりもした。女子スポーツ界ともなると、さらに活躍目覚ましく、テニスの大坂なおみ君が世界のトップに立ったのはもとより、ゴルフでは渋野日向子君が易々と全英オープンを制してのけた。それにまた、あの小さな体で世界の超一流ジャンパーたるを失わない高梨沙羅《さら》君のすてきなこと。悠揚《ゆうよう》迫らぬ風格のようなものさえ、最近は感じさせてくれる。若い日本人たちの、かかる大活躍ぶりを見ては、さすが運動音痴の私でも、やはりそこはかとなく血が騒ぐというものである。

そこへ、この頃は、大坂君や、サニブラウン君、あるいは松島幸太郎君など、外国人の親を持つハーフの選手が陸上にも野球にも、またテニスやバレーボールにもラグビーにも出てきて、いよいよ外国選手に負けず劣らずの遺伝子の力と、その後の訓練と努力によって、日本人として未知の世界を切り開こうとしている。そうして、かれら若い日本人選手たちの多くに共通していることは、その早い時期から外国に出て行って、国際人としての感覚をも身につけていることである。

あの錦織君にしても、アメリカのプロテニス学校でごく少年のころから鍛えられて今日に至っていることは誰でも知っている。だから、試合のあとのインタビューなど、まことに流暢なる英語で悠々と受け答えしているのを見ると、たしかに「時代が変わってきたなあ」という感慨が深い。

かくのごとく考えてみると、最近は日本人の学生たちの海外留学が減ってきたとはいうものの、一方でこうしたスポーツの世界で、どんどん海外に出て行って、国際的な感覚を身につけ、外国語を自由自在に操り、また外国人に伍《ご》して縦横の活躍をする若者たちが、各方面陸続《りくぞく》として出てきたことは、まことに慶賀《けいが》すべく特筆すべきところである。

かくて、さしも運動音痴の私も、このごろはこういうエライ若者たちの活躍をば「エライなあ！」と思いつつ、もっぱらスポーツ観戦に興《きょう》ずる日々となった。

宅配はリヤカーで

変われば変わる世の中だと、最近はつくづく思う。

というのは、私もご多分にもれず、四六時中インターネットで買い物をする。もういちいち足を運ばなくても、壮絶に巨大なショッピングセンターがヴァーチャルに展開しているようなもので、たいていのものは、ネットですぐにみつけて、即座に注文する。早ければ翌朝にはもう届く、というこの速さには、いつも脱帽のほかはない。こういうことが実現するためには、よほど巨大なコンピュータが動き、すべての物を整然と仕分けして、間違いなく配達するための仕掛けがなくてはなるまい。またそれをほとんど異次元ワープじゃなかろうかと思うくらい、即座に運んでくるための交通手段が二十四時間休みなく動いている必要もある。そういう構造のすべてを作り上げた日本の流通の力量と英知には、心底《しんそこ》感心するばかりである。

ところで、こうして前の晩に注文した、たとえばインクカートリッジが、翌日の朝には自宅に届くときに、面白いのは、それがリヤカーで運ばれてきたりすることである。

思えば、私どもの少年時代には、まだ大八車《だいはちぐるま》とかリヤカーとか、いや荷馬車なんてのも動いていた。それが次第に自動車に取って代わられ、配達はオートバイや軽トラックが主流になった結果、リヤカーなんてのは「前世紀の遺物」となりおおせたかと思っていた。

ところが、今また時代は一巡《めぐ》りして、夏の暑いさなかにも、額に汗して手押し車で配達してくる場合もあればリヤカーを自転車で引いてくる場合もある。冷凍食品なども、専門の手押し車があったりするのは、その昔のアイスキャンデー売りなどが彷彿《ほうふつ》して懐かしい。

モータリゼーションの行き着いた先に、また人力機関時代がやってきたのである。一切のエンジンを動かすことなく、人間が動力になっている限り、空気は汚さないし、騒音は出さないし、だいいち、住宅地の細い路地を走っても交通事故などの危険が極めて低かろう。あらゆる要素を勘案《かんあん》するに、この人力配送ほど「合理的」かつ「エコロジカル」なる方法はないと思われる。こんなことを考えだした人は、ほんとうに偉いなあと、私はあのリヤカーに会うたびに感心するのである（ただし、人力で配達するのは重労働だから、その分、手厚い報酬が用意されなくてはいけないが）。

ところで、私は人も知る運転好きで、五十年ばかり昔の大学生のころから、しばしば自分の車を運転して大学まで通ったというくらいであった。そうして、私どもの世代は自動車運転を好む人が多く、またちょうど上げ潮のモータリゼーションの時代と重なったせいもあって、都内はどこもひどい渋滞にアップアップアップしていたものである。

しかし、昨今顕著《けんちょ》に感じることは、どうも以前のような渋滞が少なくなったということだ。それは一つには道路網や交通制御システムの整備、あるいは警察の取り締まりなどが進んできたせいもあるに違いない。しかしながら、もっと大きな要因は、たぶん車に乗りたい人が減ったということなのではないかと想像している。これは少子化で、そもそも若い人が少なくなってしまったために、往時のように、学生時分にせっせと免許を取って、就職したらマイカーを買って乗り回す、とそういう人の絶対数が劇的に減ってしまったということがあるだろう。

同時にまた、その少ない若い人たちの間でも、生活モデルとして、車を所有して乗り回すということが、それほど格好良くはないと思う人が増えたことがありはせぬかと思うのである。すなわち、車などは持たずに、たとえば自転車で移動する、あるいは公共交通機関を利用することのほうが、なんだか今のライフスタイルにはマッチしていて、つまりそれだけ up-to-date な、言い換えればカッコイイ暮らし方だと思う人たちが増えてきた傾向がたしかにありそうに思える。

そう思うのは、ただ渋滞が減っただけではなくて、たとえば、ちょっと町を走っていると、あの雨後《うご》の筍《たけのこ》のように増えた百円駐車場のあちこちに、

「カーシェアリングはここ」

というようなことを書いた幟《のぼり》が立っているのを見かけるようになったからである。もはや車は一人一人が所有するのでなくて、必要な時に限って、近所の駐車場に設けられたシェアリングの車を短時間借りて用を弁《べん》じる、そうして用が終わればさっさと返してしまう。こういう暮らし方が、経済的にも、また生活のパターンとしても「合理的」だと今の若い人たち……いやいや、きっと若い人たちだけでなくて、壮年や高齢者たちも考えるようになったのであろう。

それは長い不景気のなかで収入が減ったという切実な理由もあるだろう。しかし、より前向きな理由として、もう車をたくさん作って持ち続けるのでなく、もっと合理的に必要最小限に共有して、エネルギーも費用も節約し、合理的に暮らすのが理にかなった生き方なのだという思考が徹底してきたのでもあろう。

そう考えてみると、宅配が自動車からリヤカーや手押し車に「回帰」したという現象と、この自家用車逓減《ていげん》の現象との間には、どこか通底《つうてい》するものがあって、いやそれこそが、いわば賢い暮らし方であり、しかもこれからの日本をうまく運営していくための秘鍵《ひけん》ともなるのではなかろうかと、私は竊《ひそ》かに思っているのである。

フェア・トレードの時代

近年は、なにかと天候不順が頻発して、農家にとっては厳しい時代になりつつあるのかもしれない。そのために、ある年は野菜の値段が高騰したり、また別の年はポテトチップにするジャガイモが足りなくなったりと、さまざまな問題が次々と起こってくる。

都市部では、スーパーで売っている大根やキャベツが法外に高くなって、生活が苦しくなったと実感されることもしばしばである。

とはいいながら、どんなに野菜が高くなったとしても、それで農家の手取りが増えるというわけではない。むしろせっかく努力して育てた農作物が不作であったりして、農家の経営もまた苦しくなったというのが現実であるに違いない。だから、高くともできるだけ多く野菜を買うことによって、なんとか農家の方々を支援したいものだと私は思う。

そうかと思うと、漁業のほうもなにかと不調なことが報告される。曰く、カツオがさっぱり獲れない、曰く、サンマの群れが消えてしまった、曰く、鰻の稚魚が往年の百分の一しか獲れない、エトセトラ、エトセトラ。ために、唖然《あぜん》とするような高値で鯖や鰯が取引された時期もある。その原因は必ずしも明らかでないが、やはり温暖化やらエルニーニョやらの影響がじわじわと来ているのかもしれない。

かくして、カツオやサンマが高くなったと人は嘆くけれど、それとて、魚価の高騰によって漁業者の手取りが増えたわけでもない。むしろ、漁船を動かす燃料の高騰で、経費倒れなんてこともしばしば聞く。

そこで、これまた苦心して魚を獲って私どもの台所に届けてくれる漁業者のことを想いながら、多少の高値は我慢して、私どもはせいぜい国産の魚を食べるようにしたいと思うのである。

ところで、最近フェア・トレードという考え方が注目されるようになってきた。たとえば、チョコレートの原料のカカオ豆とかコーヒー豆などの農産物は、たいていアジア・アフリカ・中南米などの、発展途上の国で作られているという現実がある。その背後には、これらの産物が西欧先進諸国……いやさらに露骨に申せば、昔の帝国主義的植民地経営の産物として生産輸出されてきたという歴史がある。西欧の各国は、熱帯雨林などを伐採して、そこにカカオやコーヒー、あるいはココヤシや茶などの木を植え、現地の貧しい人々をば、ごく安い賃金で働かせて、その産物を収奪し、先進諸国に高値で売って巨利を博してきたというわけであった。

その結果、先進諸国はますます富んで豊かな食生活を楽しみ、植民地各国では、教育も与えられず劣悪な環境のなかで酷使される現地労働者が、食うや食わずの生活を強《し》いられているという結果を齎《もたら》したのであった。

こういう現実に対する反省として、現地の労働者にも正当な賃金を支払って働いてもらい、公正《フェア》な生産交易《トレード》を実現しようという考えが生まれた。その分消費者も応分の経済的負担をして、いくらか高いけれども安全で現地の人の適切な収入にもなる農産物を購買消費しよう、というのがフェア・トレードという考え方の概略である。

グローバリズムというものが、一面「自分さえ良ければいい」という社会的利己主義と表裏一体であるのに対して、こうしたフェア・トレード的な思潮は、「自分さえ良ければいいという考えでは、誰も幸福になれない」という利他的・知性的な考え方に根ざしているのである。

私自身は、チョコレートにせよ、コーヒーにせよ、できるならばこうしたフェア・トレードのマークを付した製品を買って使いたいと思う。

しかるに、ごく最近になって、日本でも若い人たちのなかに、漁業でも農業でも、生産者の利益に配慮しつつ、安全で優良な産品を、都市生活者たちに適切な価格で供給しようという企業家たちが現れてきたのは、まことに頼もしいことと思われる。

たとえば、フーディソンという会社の経営する「サカナバッカ」という鮮魚店は、衰退しつつある地方の漁港の市場に着目して、漁船が獲ってきた魚を無駄なく適正価格で買い上げ、それを都内の直売鮮魚店で、お客に調理法などを教えながら売って行く、それで漁業者も無駄操業が減って収入が増え、都市の客はバラエティ豊かな鮮魚を楽しむことができるという一石二鳥的な商売のモデルを立ち上げた。

農業のほうでも、アグリゲートという会社の「旬八《しゅんぱち》」という青果店が、各地の農家と緊密に提携して、消費者と生産者を、相互利益的に結びつける商売を展開している。たとえば、味は良いけれど形が規格外のため従来は流通しなかったものを、都市消費者に新鮮かつ安価に届けるとか、すでに生産が衰滅しつつある地方の伝統野菜を契約農家に作ってもらって消費者に届けるとか、いずれも、生産者・消費者ともに嬉しい、すなわちウイン・ウイン関係による商売で成功をおさめているのである。これらは、日本的フェア・トレードというべきところであろうかと思われる。

されば私ども消費者も、ただ安ければよいと考えるのでなくて、生産者と消費者が互いの立場を思いやって「助け合っていく」というふうにありたいものだ。それが、畢竟《ひっきょう》、日本を衰退から救う捷径《しょうけい》でもある。

そうして、農業や漁業が「儲かる仕事」となっていかなくては、後継者もやがて絶えて一次産業が壊滅し、以《もっ》て、この国はのっぴきならぬ存立の危機にさらされざるを得ぬ。国破れて山河あり、では困るのである。

骨身に徹してへそまがり

——後書きに代えて——

思えば、遥かな道を歩いてきた。

いま、七十歳の一年を終えようとしているところだが、そのわが方寸の内を探ってみれば、案外と青年時代、いやいや子供時代と変わらないところがありそうに思われる。「三つ子の魂百まで」というか、「雀百まで踊り忘れず」というか、こうして人生の晩期にさしかかって往古を省みると、幼年時代のことや、少年・青年時代のことが、あれこれと思い出される。

私は、好きなものは好き、嫌いなことは嫌い、と非常にはっきりとした子供であった。意気地無しであった私は、まずもって「恐いこと」は嫌いであった。その「恐い」というなかには、たとえば、高いところに昇る、ということも含まれている。

小学校低学年の遠足で江ノ島に行った時、島のてっぺんに鋼鉄のタワーが聳えていて……たぶんあれは灯台だったかと思われるが……その吹きさらしの階段をみんな昇るのだという。それは嫌《いや》だ、と私は思って、

「ボクは高いところは恐いから、昇るのは嫌です」

と申し出た。おそらく先生は、みんなと一緒だから大丈夫だとか、手をつないでやるから、とか、いろいろ励ましたかも知れぬ。しかし、私は断乎《だんこ》、断々乎として昇らないと主張して譲らなかった。

「それじゃあ、階段の下に座って待っていなさい」

と言われて、私は一人階段に腰掛け、のんびり海の景色を眺めながら、みんなが降りてくるのを待っていた。

それだけのことであるが、今なおはっきりと覚えている。考えてみると、よく先生が許してくれたものだ。暢気《のんき》な時代だったといえばそれきりであるが……。

ああそうそう、それから、少しく長じて、小学校の高学年になると臨海学校。その最終日には、やや沖合までみんなで泳いでいく遠泳をしなくてはいけなかったが、もともと泳ぎは全く不得意で、また嫌いであったから、そのように背の立たないところへ泳いでいくなどは、命の危険があると確信して（そのくらい泳げなかったのだ。いくら稽古しても一向に上達しなかったし）、

「僕は行きません」

と言って、先生たちの説得にも一切応じなかった。しょうがないので、先生たちも諦めて、私は一人二人の女の子と一緒に、浜辺にぼんやりと座って、級友たちが命がけで遠泳などをしていくのを、内心「ばかばかしい」と思って眺めていた記憶がある。

昔は、少年たちのスポーツと言えば、まずもって野球であった。川上・長嶋・稲尾・金田、なんて時代である。だから、私も多少は野球をやってみなかったわけでもないが、なにしろ臆病で運動神経がゼロなので、バッターボックスに立つと、ピッチャーの投げた球は、一直線に私の顔目がけて飛んでくる（ように見えた）。そこでヘタレの私は、球が

ベースに届く前に、いち早くバッターボックスから後ずさりして、はるか遠くに逃げてしまうので、決して打てる気遣いはなかった。

しまいにピッチャーをやっていた男もあきれ果てて、ソフトボールのように下手投げで山なりのボールを放ってくれたのは、まことに嘉《よみ》すべき友情ではあったが、そんなことをして面白いわけもないから、野球はすぐに沙汰止みとして、以後加わらないことにした。

こうしてへそ曲がりの根性は、あらゆる少年生活を通して次第に強化され、長ずるに従ってますます鉄壁化して、好きなことはやるが嫌いなことはやらない、という人間に成長していった。

しかし、だからといって、みんなから仲間はずれにもされなかったし、クラスメートたちとはふつうに仲良く楽しく学校生活を送っていたのであった。

さらに長じて、高校生くらいになると、だんだんと将来自分がどう生きていくのかということにも意識を及ぼさざるをえなくなったが、その時、私の好きなことは、一にも二にも「文学」であった（しかし現代国語の授業はもっとも嫌いであった）。

しかるに、その文学も好き嫌いがはっきりしていて、私は、森鷗外、永井荷風、萩原朔太郎などは好きだが、宮沢賢治、太宰治、大江健三郎などは嫌いであったから、おのずから読む物には偏りが甚だしかったし、それは今なお是正されることはない。

そこで、高校生のときには朔太郎や三好達治などを愛読して、自分は詩人になりたいと熱心に思っていた。けれども、詩人となると、どうやってなるのか見当もつかぬ。といって、文学以外のことを専門にしたいという考えもいっこうに思いつかぬ。それなら国語の先生になろうと思って、大学は文学部に入り、まっすぐに国文科に進んだのであった。

そこでもまた、どうも近代文学は性《しょう》に合わないなあと思って、もっぱら古典の勉強ばかりしていた。やがて先生になっても、教えるのは古典ばかりで、現代国語は教えることを断ったので、非常勤講師として勤めていた慶應義塾女子高校でも、私はついに馘《くび》になってしまったくらいである。

かくして、私はずいぶん損もした。ああ、ここで嫌でもニコニコして承諾すれば儲《もう》かったかもなあ、というところでも、嫌となったら断ってしまうので、結果的には儲からない仕事ばかりということになりがちであった。

作家としてデビューしてから、当初はずいぶんテレビからも出演依頼があったけれど、これも性に合わないので、いつも断ってしまうために、ついには誰も依頼してこなくなった。それがために、ずいぶん金儲け的には損をしたなあとは思う。思うけれども、後悔はしない。テレビの世界は嫌いなんだから、コミットしない、そこに私の子供時代から一貫した信念があるからである。

こういう生き方をしていると、世界は狭くなるかもしれないが、その分、自分の好きな世界は深くなる。現代の社会とは繋がりが希薄になるかもしれないが、文学や芸術や、そういう自分の好きなことについての知見はおのずから広くもなる。

日々そんなふうに偏屈に構えて、ゴルフもテニスも水泳も自転車もなにもやらないが、ただただ真面目に一日一万歩ほど歩くことは欠かさない。

いずれ人生には限りがある。なにもかも実現できるわけではない。それならば、好きなことは好きだから一生懸命やる、嫌いなことは一切やらない、そのメリハリが大切だし、またそういう人が増えれば、却って世の中は円滑にまわっていくのではあるまいかと考える。

こういう偏屈人《へんくつじん》の私が、世の中の在りようにどうしても一言申したい、そういう思いで書いたのがこの本だから、読みたい人は読んでいただきたいが、読みたくないひとは読むに及ばない。

世の中は、いずれそうしたものである。

西暦二〇一九年極月《ごくげつ》
菊籬高志堂《きくりこうしどう》の北窓下《ほくそうか》に
日知齋《にっちさい》林望謹んで識《しる》す

本書は『倫風』（一般社団法人実践倫理宏正会）
二〇一三年一月号〜二〇一八年十二月号連載の
「わからずや漫筆」を加筆しまとめたものです。

おこりんぼう
～ひと言《こと》申《もう》し上《あ》げたい～

二〇二〇年四月二〇日　初版第一刷　発行

著　者　林　望

発行者　伊藤良則

発行所　株式会社　春陽堂書店
〒104-0061
東京都中央区銀座3-10-9　KEC銀座ビル
電話　03-6264-0855(代)

編集協力　辻さゆり

印　刷　株式会社　精興社

製　本　加藤製本　株式会社

ISBN978-4-394-90362-8　C0095